中国文学名家散文精选丛书

穿旗袍的鱼

瑞娴 著

江西高校出版社
JIANGXI UNIVERSITIES AND COLLEGES PRESS

南 昌

图书在版编目（CIP）数据

穿旗袍的鱼 / 瑞娴著 . -- 南昌：江西高校出版社，
2025. 6. -- (中国文学名家散文精选丛书). -- ISBN
978-7-5762-5521-8

Ⅰ . I267

中国国家版本馆 CIP 数据核字第 2024AT5935 号

责 任 编 辑　周惠群
装 帧 设 计　夏梓郡

出 版 发 行　江西高校出版社
社　　　　址　江西省南昌市新建区工业二路 508 号
邮 政 编 码　330100
总 编 室 电 话　0791-88504319
销 售 电 话　0791-88505090
网　　　　址　www.juacp.com
印　　　　刷　鸿鹄（唐山）印务有限公司
经　　　　销　全国新华书店
开　　　　本　650 mm×920 mm　1/16
印　　　　张　13
字　　　　数　160 千字
版　　　　次　2025 年 6 月第 1 版
印　　　　次　2025 年 6 月第 1 次印刷
书　　　　号　ISBN 978-7-5762-5521-8
定　　　　价　58.00 元

赣版权登字 -07-2024-1018

目 录
CONTENTS

第五辑
梦里河山

第一辑

万物有灵

猪说

前几年，流行着一个时髦的话题，朋友将它带回家，向家人们发问：是做痛苦的苏格拉底，还是做一只快乐的猪？话音未了，她6岁的女儿忙豁着牙齿举手抢答：做一只快乐的猪！

看，连刚褪奶牙的小孩都知道快乐的重要性了。且不管苏格拉底是谁，反正猪被现代人赋予了快乐的定义是确凿无疑的。相信猪在圈里听了，也会乐得翘着二郎腿哼哼几句小曲吧！

但这不一定就证明快乐真的比思想重要，因为朋友的女儿接着反问：妈妈，苏格拉底是谁？

现代人爱独出心裁，从称一"头"猪为一"只"猪这件事上就看出来了，那么一个庞然大物，竟被轻飘飘地说成了"只"，像吹气球一样随意。当然，人并没有借猪张扬个性的意思，只是"只"与"头"不分，没把人称为"一只人"或者"一头人"就很荣幸了。

猪不论头而论只，"始作俑者"我怀疑是那位天才作家王小波。他的文字常常是恣意飞扬甚至肆无忌惮的，他有一篇关于猪的文章就叫《一只特立独行的猪》，在里面他称猪为猪兄，那猪有着猪的形体，脑袋里盛的却是王小波那些特立独行的思想。

这"只"猪很多人喜欢，我也一样。

对猪的幸福印象来自童年，北方的农村。

那时，往往是一头黑得发亮的猪，或者一头白得粉嫩的猪，懒洋洋地躺在猪圈的乱草里，眼神慵懒，神态倦怠，随遇而安，一无所求。它们是乡村最安逸的皇帝，不用为食物操心，并且心知肚明：它们吃不饱，人类就没猪肉吃。

鸡飞狗跳，农家小院总是那么热闹。

你看，一个院里呆着的这些牲畜——鸡狗鹅鸭——哪个没为一碗糟食争得头破血流过？猪就没有，它温良敦厚，从不招灾惹祸，既使与好斗的公鸡、爱管闲事的老狗，也能和平共处。在其他牲畜吵得一塌糊涂时，它却懒洋洋地躺在自己的安乐窝里，睁一只眼闭一只眼，间或舒舒服服地哼哼两声，懒得掺合那些馊事。

猪既然给人带来了笑声和肚腹的享受，人也忘不了它，过年贴春联时，便戏谑地在猪圈门前"吧唧"贴上一副：大耳元帅！猪将长嘴巴子伸出栅栏，探头探脑地看热闹，看到人对自己的评价，有些得意，将那两只蒲扇似的耳朵上下扑打两下，昂头挺胸地在自己的地盘上转悠两圈，哼哼唧唧发一下言，看来真把自己当碟菜了。

这天，它定然吃得分外香，睡得分外美，鼾声分外响，容易满足的猪，惬意着呢。

当然，猪这样能吃能睡的结果并不美妙，它幸福的终点就是被赶进屠宰站。在人类的棍棒下毙命后，它的肉被挂在一排问号似的钩子上叫卖，斤斤两两都是钱。皮做了皮具，肉进了人的肚腹，啃剩的骨头狗还可以捡去吮吸一番，并且边吮吸边感叹着：猪兄弟真是浑身是宝啊！

猪其貌不扬，甚至看上去有些愚蠢。大耳朵，长嘴巴，摇摇欲坠的大肚子，一跑一晃荡。猪的嗜好也令人掩嘴窃笑：喜臭。闻见臭味，它那对肉里眼便会放出亮光，"吭哧吭哧"凑向前，先闻味儿后吧唧，神态陶醉，比朱元璋做乞丐时喝烂白菜萝卜头熬的"珍珠翡翠白玉汤"还享受。

猪的先祖猪八戒先生，俗称猪悟能，它以好吃懒做、贪财好色名扬天下，还爱挑拨离间，见了美女就馋得咬指甲流哈喇子，为引人注目，还要撒娇地扭一下粗壮的腰肢，把大肚子使劲挺一挺。

奇怪的是，猪悟能这么没出息，又到处闯祸，古往今来的人们还是喜欢他。电视屏幕上，只要他手握钢耙颠儿颠儿一亮相，就惹起笑声一片。那憨态可掬的傻样儿，生来就是为笑声准备的。据说喜欢他的人多过了唐僧，人缘好着呢，真是傻人有傻福。

猪粗唇大口不挑食，极好养活，所以做猪的主人很轻松愉快。猪没有不切实际的梦想，不想入非非，争名夺利；也不杞人忧天，好高骛远。它心宽体胖，笑口常开，在人类为功名利禄勾心斗角时，从简陋的猪圈里却传来香甜的鼾声，一声高过一声，像跟自己比赛。那鼾声惊天动地，令人艳羡。

俗话说：清白的良心是最好的枕头。知足常乐，是猪幸福的秘诀，也与古人的中庸思想一脉相承。

或许从发现了猪的幸福秘诀那天起，人类就渴望"做一只快乐的猪"吧？

从猪肉价格的变化上可以看出来，时代在发生着天翻地覆的变化。

上世纪80年代末，猪肉价格从每斤四五毛突然涨到了八毛七，人们便慌了，说这么贵谁还吃得起，这日子没法过了！但事实证明日子不但照样过，还越过越好，卖得起，就买得起。

猪肉现在的价格已经如孙猴子的筋斗云，翻了无数番了，人们不还是照吃不误？只是现在的猪越养越多，生长期越来越短，以前一两年养肥一头，现在几个月就被排着队送屠宰场了，有肥料催着，猪长得比吹气球还快。

过去，猪还是很看重自己这一身肉的，因为它纯粹，因为它体现着自己的营养价值，但现在自己这一身赘肉，早已经不货真价实了，猪便有些羞愧，不知人类吃的时候，尝没尝得出肉没肉味儿了？

过去的猪，吃野草野菜，吃老种子的杂粮。它的肉，是纯绿色食品，香。现在呢，因为养殖方式改变和时间缩短，猪的营养大打折扣。人吃多了猪肉，吸收不了，都堆在肚皮上，里三层外三层地叠着，跟著名的猪八戒先生差不多了。男人们常常在杯盘狼藉的饭桌旁呆若木鸡，垂头丧气，一看就是营养过剩和化肥农药造成的悲剧。

如泣如诉的是，猪们已经丧失了自己的领地。它们原先还能在人类的小土院里有个窝窝囊囊的单间，在里面无忧无虑，逍遥自在，如今却被迫走出安乐窝，走到千万头猪共枕而眠的饲养场去，索然无味地嚼着千篇一律的饲料，等着早日为人类献身。它们呆在一起既无架可吵，也无乐趣可言，只好将下巴搁在食槽上，闻着彼此嘴巴里的饲料味儿心灰意懒地等死。某些动物的变异，都是人类的"杰作"。

与此同时，饲养场的其它家禽和肉食动物，也一个个被饲料催得肥头大耳、丰腰肥臀，要么不停地产蛋，要么步履蹒跚匆匆忙忙赶着去屠宰场送死，不管是否心甘情愿，都得无条件地执行人类的旨意。

有人说猪好吃懒做，贪吃贪睡不干活——我觉得作为一头猪，你对人家的要求人家太高了。它只长着四只踢粪的蹄子，你还要它在三尺猪圈内勤劳勇敢吗？还要它去做针线活计烧火抱孩子吗？可怜的猪苟活一世，落得个被剥皮抽筋死无全尸，图啥？猪活着就是养肥了好让人吃肉，这可是人类给它规定的猪生。

说起来，自古至今，人类对动物犯下的罪行罄竹难书。虽然那样做的是为了生存。但为了自己活不让人家活，会说话的高级动物对不会说话的低级动物也够狠的。幸亏它们不会说话，否则早排着队浩浩荡荡到玉帝那里告状去了，做鬼也不会将人类放过。

动物们终于还是开始了报复。它们虽然没有高科技，不会创造发明，无法像人类那样统治世界，却并非没有对付人类的招儿。它们被逼得山穷水尽凶毕露时，什么非典禽流感鸟流感，接二连三地闹腾，让人晕头转向，如临大敌。只是人类仍不能完全反思彻悟，只是被动应付，而非对自然界进行适时的爱抚和补救。

在接二连三由动物制造的流感中，一向双耳不闻圈外事的猪也开始粉墨登场了，轰轰烈烈地闹了一场"猪流感"，向世界扬了猪的大名。尽管后来证明此称不妥，改为甲型流感，人们还是心有余悸，对一向呆萌木讷的猪疑惑起来。猪也有些心虚，在养猪场里远远朝走来的人斜愣几眼，便赶紧低下头，假意很香地吃起人类给它准备的猪饲料来。

记得"猪流感"初起时，谁感冒发烧了，大家就唯恐躲避不及；一咳嗽，便有人捂着鼻子驱赶说：定准得猪流感了，别在这里传染人，去去去，到乡下用猪鼻子拱地去！被人怀疑是猪变的不要紧，被人怀疑得了猪流感，可就麻烦了。

作为家畜中最没本事的猪，如今都开始制造灾难，看来它们已经忍无可忍了。

其实，猪的祖先并非像现在这样温驯的。它们原本就是一种野兽，桀傲不驯，趾高气扬，成群结队地在荒野间自由浪荡。那时，腰缠兽皮的人类已经从树上爬下来，学会了钻木取火狩猎，用石器对付凶神恶煞的猛兽，却还没学会种庄稼，整天处于半饥半饱的状态，饿得眼珠子发蓝，肚皮贴在后脊梁上，一副穷相恶样。不过，他们在长期战天斗地的过程中大脑日渐发达，眼珠子开始转得灵活，稍有点能耐，便开始在动物身上打起主意来。

人类看见猪满身肉滚滚的，吃起来一定香，便成群结队地怪叫着，用木棍、石块将猪赶进栅栏里圈养起来，以备在没猎物时食用。他们还依样画葫芦，将牛马和其它动物圈养起来，让它们为自己服务。这些动物后来被驯化得各有分工：或供人吃肉，或耕地干活，或沦为代步工具。人类终究还是技高一筹，胜者为王。

好在那时填饱肚子是第一要事，人类还没想到养宠物，不至于玩物丧志，更不会做出一副贵妇或者阔佬的派头，手牵一条拴着金链子的狗，或者怀抱一头戴围嘴的猪。

在被圈养之初，猪们定是不甘心不屈服的。它们瞪圆那对肉里眼朝人怒吼咆哮，呲牙咧嘴地示威，试图以凶相吓退这些直立行走的怪物。奈何人类不怕它们那一套，摸起石头木棒便打，毫不心慈手软。人类也可怜，最像样的武器也只有几块修理得歪歪斜斜的石头。

猪们不服气，自然也不好驯服，呼扇着大耳朵横冲直撞地反抗。人类也不可能摸着它们的皮毛，在它们耳朵边甜言蜜语。为了消灭它们的野性，人类必须使出更狠的招儿。所以至今猪们见了人类，眼神里还有恐惧。

只是，动物们未必会永远对人类百依百顺，听之任之，毕竟哪里有压迫哪里就有反抗。动物集体来造人类的反似乎不可能，因为它们没有思想，但它们集体来给人类制造灾难是可能的，比如传播流感；比如我们可爱的猪制造的"猪流感"。

说起这些伤心事，好像违背了猪的快乐原则，最重要的是：人类听了会不高兴，也不相信对待动物或者大自然的态度，会决定着地球的未来。

为猪说了些好话，猪不用感激我，你也别责怪我跑题，因为我贪吃贪睡，也被人称做猪，所以，以上胡言乱语可称为"猪说"。我很荣幸做一只快乐的猪，能为猪代言，为猪辩护，不要对一头猪的话不以为意，一不小心，猪也能说出真理。噢耶！

蚊子小姐

夏天到了，蚊子小姐的好日子来啦！

蚊子小姐细腰、大眼，是天生的歌唱家，她们要么轰轰烈烈地唱群戏，要么形只影单地唱小戏：嗡嗡嗡，嗡嗡嗡，比绣楼上的小姐还矫揉造作。发出这么娇滴滴的声音，应该有副好心肠才对，偏偏心狠手辣，一下嘴就毫不留情。

蚊子小姐是樱桃小口，咬起人来却忒狠！一只蚊子的平均寿命只有一两个月，但在这短暂的时光里，她们不眠不休，白天黑夜死缠烂叮，为孜孜以求的嗜血事业奋斗不止，死而后已。其"敬业"程度，令人匪夷所思。

本以为蚊子个个嗜血如命，其实雌雄是有区别的。雌蚊才吸血，雄蚊只会吸食植物的汁液，这个真相让人意外。原以为雌性生灵都是充满母爱的，没想到"最毒莫过妇人心"。从那嗡嗡小曲中，能听出河东狮吼的无情。

夏天的蚊子小姐们闹腾得最欢，她们坚韧顽强，声势浩大，细弱的声音拧成一股粗壮的绳，不将小戏唱成大戏誓不罢休，每个嗡嗡声都不依不饶地萦绕着，直唱得人起鸡皮疙瘩，仿佛被那针一样的吸管刺进了肌肤。

为免受皮肉之苦，人类也豁出去了，抄起驱蚊净和大蒲扇做武器，和蚊子小姐斗智斗勇。这场保卫战要持续到深秋，直到蚊子小姐老成老太太了，嘴巴软了，翅膀僵了，有气无力地瘫倒在墙上为之。

小时候在农村，吃尽了蚊子小姐的苦头。夏秋两季，哪天不被她叮几口不算一天。这些不起眼的小玩意儿，咬起人来却疯狂而强势。它围着你盘旋，在你耳边不眠不休地哼唱着，像巫婆的呓语，看不见驱不走，不将你唱崩溃了不罢休，只有聋子才能听而不闻。

蚊子小姐是失眠人的天敌，她们不厌其烦的歌剧成不了催眠曲，还足以唱得人一夜无眠，精神崩溃。几天下去，如果你不能将蚊子小姐捉拿归案，保管你脸也青了，眼袋也垂下来了。如果不幸让蚊子小姐再偷袭几口，那更惨，左一个包，右一个包，像偷情时留下的口红印儿。

很多昆虫和鸟类的藏身之处都很隐蔽，神出鬼没。蚊子小姐更是喜欢在幽暗和不通风的地方栖息，如草丛、山洞、地窖、桥洞、石缝等处；在室内时，则躲藏在床下、柜间、门后、墙缝等处，大概也自知作恶多端，见不得阳光。

当然了，除了嗡嗡聒噪，蚊子小姐还耐心十足，为了等待可口的美味，静候几个钟头甚至几天都很平常，她们沉得住气，哪怕腹中空空也不慌不忙，憧憬着皮肉的香气便足以让它们忍受饥饿。一只蚊子的耐力和坚韧要比一个人强得多。

蚊子小姐嗜血如命，前赴后继。吸满红浆的肚子，明目张胆地炫耀着她们的罪恶。可惜，吸得太多也是负累，她们经常被这大肚子坠得欲飞不能，只好趴在墙上做冬眠状，一不留神就在人类的蚊蝇拍下献身，落得个血染白墙，一败涂地。

除了蚊子，小咬儿、毛毛虫也不甘落后，天天把人糟蹋得体无完肤。人类活在世上，既要面对体积庞大的野兽，也要对付这些渺小却多如牛毛的昆虫。好在人类擅长苦中作乐，总能把日子过出甜味来。

当然，蚊子小姐攻击的不仅仅是人类，她们成群结队漫天飞，所有的动物都是她们的攻击对象，牲畜们想安安稳稳吃点草几乎不可能，蚊子小姐们会不厌其烦地骚扰，而且常常都是大部队出动，黑压压的一片直扑过来，蔚为壮观。好在牲畜们都有长尾巴做武器，一甩能将蚊子小姐赶走一大片。

不过，蚊子小姐们不会轻易放弃，没过多久，她们便又试试探探地围过来了，像扭大秧歌，飞一飞退一退，退一退飞一飞，她们不恼不怒，锲而不舍，扭来扭去都是为了再次发起进攻，绝不会全线崩溃。

记忆中的蚊子小姐基本就那么几种，不知从何时起，很蹊跷地冒出来一种黑蚊子，潜伏在杂草丛和臭水沟中，身上有白点儿，黑白分明，被称作海军衫。

海军衫比普通蚊子壮硕，肚子也大，咬人那叫一个稳、准、狠！普通蚊子一咬一个点，海军衫则一咬一个包，奇痒无比，包青紫青紫的，里面都是毒。

人们怀疑海军衫是进口蚊子，是坐着运载货物的轮船过来的。进口蚊子嘴生，咬的也不是自己国家的人，自然不知道心疼，恨不得一口将人咬个半死。

小昆虫多是可爱的，尽管也有的招人嫌，但像蚊子小姐这样令人深恶痛绝的不多，它几乎没有丁点儿的正能量。无论你随手拍死了哪只，流出的都是人类的血。

亿万年来，蚊子一直没有灭绝，并且活得理直气壮，说明它活着也是有理由的。老天爷每制造一个物种，都有他的道理，就像有好必有坏、有正必有邪、有白必有黑一样，任何事物都只能在对立中存在。

负能量如蚊子小姐，也是自然界食物链中不可或缺的物种，想团灭她们根本不可能。即使冬天消失了，第二年夏天她们又会嗡嗡唱着小戏满血复活，要么你献出皮肉被她们叮个饱，要么你准备好苍蝇拍和灭蚊药，不屈不挠地与她们战斗。

只要有生命存在，这样的战争就永无穷尽。阿弥陀佛！

牛眼里的倔强

一头老牛拉着辆破车，慢吞吞走着，伴着"吱扭吱扭"的声响，四个胶皮轱辘滚过坑坑洼洼，从从容容，不愠不火。赶车的老汉抄着手，嘴里叼着长烟袋，鞭子抱在怀里，穿着破布鞋的双脚在下面荡着，悠哉游哉。牛走得慢，他觉得理所当然。不用说打，连吆喝一声都懒得。

牲口和人之间，似乎有种默契，那是彼此心里的速度，刚刚好；随意飘过来的一丝风，不凉不热，也刚刚好。这样的速度，不慌不忙，没有目的性，让人惬意得昏昏欲睡。要是让现在的人看见，能急得尿火，恨不得将宝马奔驰套在车辕上，以光和电的速度赶往未来。

这是过去在北方的乡间，经常看到的场景。随便哪条土路上，都有慢吞吞走过的牛车，或者慢吞吞迈过田埂的老牛，牛脖上的铃铛叮叮当当，头皮剃得乌青的牧童坐在牛背上，用袖子擦着鼻涕，嘴里嚼着白茅根，一派热气腾腾的人间气息。

木心写过一首《从前慢》：从前的日色变得慢／车，马，邮件都慢／一生只够爱一个人……木心的慢，比牛要优雅得多，字里行间透出绅士的风度和旧时光的味道。这味道，赶车老汉并不懂，但我相信他赶着的牛车，最终和木心的邮车去了同一个地方，并且赶车的人和拉车的牲畜，在路上也交谈得很好。

冬天，闲杂人等聚集在村中心的小街上，或蹲或站，懒洋洋晒着太阳谈古论今，也会说些女人不宜听又无伤大雅的段子。偶尔有车把式赶着牛车经过，他们会随口打个招呼，车把式则响亮地甩一下鞭子回应。拉车的老牛见这么多闲人，也会抖擞精神，尽量将身子挺直，头昂得更高，一副对小村人家不屑一顾的傲骄模样。它的眼珠子发亮，蹄声也响亮，那神采奕奕的劲儿，如同一下子恢复了青春。

不过，车一出村，这家伙就又蔫了，低着头一言不发地往前赶，车把式也又开始抄着手昏昏欲睡，那一串呼噜声惊醒了多管闲事的黄狗，大白鹅也跩着肥屁股在车后嘎嘎追个不停。车把式照睡不误，反正他的牛会将他拉到该去的地方。牛跟他默契着呢，不会走错道，即使累了，也不会跟他讨价还价，要求歇一歇。他对他的牛，一百个放心。

"老牛拉破车，老汉赶着骡"，一听颇有乡间情调，诙谐、知足、乐天，可是再听，却分明有种调侃在里面：节奏缓慢，装备落后，叫人急不得、气不得，恨铁不成钢。不过，牛再慢，真跑起来人也跟不上。所以调侃老牛就等于折损自己，调侃完了，再去乐呵呵地调侃其他事物。苦中作乐，也算给苦日子加点糖精。

如今这样的情景，已经远去了，不可能再现。那些牛车消失在尘土飞扬的乡路上，那些闲汉湮没在高楼大厦的丛林中。我们的双手，抓不住时代变迁的闪电，更抓不住曾经相依为命的牲畜们远去的背影。

可是，故园的一切怎能从记忆中抹去？

牛在不同时代，成了不同的符号。牛如果知道，一定啼笑皆非。

关于牛，有"吃的是草，挤的是奶"的赞叹，也有"只顾低头拉车，不顾抬头看路"的指责。其实，所有关于牛的词语，都是针对人说的，如："老黄牛"，"初生牛犊不怕虎"，"牛脾气"，"牛头马面"……人们称牛多称"老牛"，这就像人们互称"老王""老张"一样，是尊称，也表明资格老。老牛之所以资格老，是因为它活儿干得比别的牲畜多，话却说得比别的牲畜少。

牛天生就是沉默寡言的动物，即使眼里有屈辱的泪水，也噙在眸中不让它流出来。牛很少像羊那样，朝着太阳无助地哀鸣诉说。牛笨，步履蹒跚，反应迟钝，又是个"一根筋"，犟种，认死理儿。碰到它不服气的事儿，它要是会说话，一定会梗着头，唾沫星子噗噗地跟你犟上个三天三夜，犟得眼睛都红了，也不会退缩半步。

小牛犊能干活的时候，鼻孔会被打通，穿上鼻钳；为防止它咬人或者啃吃庄稼，它的嘴被戴上笼嘴，连打喷嚏都受限制。耕地时，人们就在前面拽它的鼻钳控制它，在后面用鞭子驱赶它。几乎将它的鼻孔都拽穿了，再用鞭子"嗖嗖"地抽打它瘦骨嶙峋的脊梁，一抽一道血印儿——牛的毛短，很难护住皮肉。有时候，鞍子会将它的脊背磨得皮开肉绽，嗜血的苍蝇就成群结队地往上落，牛疼得眼泪汪汪，浑身的肌肉一抽一抽的，痛得受不了时，才会蓦地迸发出悲痛欲绝的长哞：哞，哞，哞！像人在朝着远方哀嚎：妈！妈！妈！

牛啊牛，你吃的是草，挤的是奶又怎样，你仍不过是头牛，永远别想在人那里获得作为"人"的尊重。这一点，你是否明白？如果你明白了，是否还会一如既往地任劳任怨、无怨无悔？你是否会祈求佛祖，让你来世做一个人，再不要做一头牛？

牛吃软不吃硬，平日里，它循规蹈矩、逆来顺受，但当你冒犯它，触及了它的底线，它也不会跟你客气。牛愤怒时，是不可征服的！它头顶那对锋利凶悍的双角，平常很少派上用场，只是用来顶顶树，顶顶同伴的头，但如果它被惹急了，牛脾气上来，就会不管不顾地直冲过去，用角将你拱个底朝天，然后掉头就走，管你在后面哭爹喊娘，管你被拱得嘴啃了泥巴，管你被拱破了裤子露出了蒜瓣子屁股！

不是不"爆"，时候未到。得罪了老实巴交的牛，后果不堪设想！

牛发怒时，让人想到张飞李逵之类的好汉：低着头，竖着角，眼睛瞪得像灯笼，尾巴挺得像棍子，那架势英勇无畏，势不可挡，有股子"喝令三山五岳开道，我来了"的豪气，却又比人类那种盲目的自信实在多了。来世上走一趟，偶尔抖擞一下威风，扬一下立于天地间的豪情，也算没白活一回。牛做到了，它果真是"牛"！

不要以为牲畜没有自尊，它们的自尊强着呢！为了自己的尊严，它们有股勇往直前、死不回头的劲儿。纵使倒下，也要大睁双眼望着天，让老天爷给评评理儿，等一个回话。只要有一口气在，牛就永远有斗志，永远对敌手跃跃欲试。要不怎会有斗牛这种丧失人性又叫人血脉贲张的职业呢？

牛能忍受，也能积蓄着力量爆发，这是很多动物做不到的，它们在人类的棍棒下，已经退化到失去本能和起码的反抗能力了。它们不知道，自己要是真的怒了，人也会害怕。达尔文"弱肉强食"的道理，在哪里都畅通无阻。人类不过是纸老虎，不是无所不胜的神。老天打一个喷嚏，人类就得承受一场灾难。不尊重自然，只能自食其果；欺侮不会说话的动物，动物也会反攻。闹一次禽流感猪流感牛瘟马疫，就够人类喝一壶的。

其实，牛并非具有主动性和攻击性的动物。它若主动出击，一定是忍无可忍之时。在乡间，还有比牛跟人走得更近的动物吗？还有比牛更任劳任怨、忍辱负重、吃苦耐劳的动物吗？它曾经与人类相濡以沫，一起度过原始蛮荒的岁月，人不舍得多抽它一鞭子，它也不舍得多吃人一口草料。那种天长地久的默契，正渐渐失去。

牛那样一个庞然大物，眼神却是如此温良坦白、清澈无辜，没有凌厉的光芒。有时候，又有种历经世事的老人才有的苍凉。最难忘牛眼里的那份倔强，那份打死也不吭一声的倔强，还有隐忍、承受、坚持，没有哀怨，只有照出你灵魂的清澈。即使被鞭子抽出道道血痕，也不见一丝一毫的祈求和屈服。

牛活了一生，劳作了一生，倒下时，身上还沾着泥巴。

牛和中国的老百姓最像，屈辱、压抑都藏在心里，只用含泪的眼睛看着你，不言不语；牛温良、坚韧、倔强，牛的脾气、性格和汉民族精神一脉相承，几乎成了一种象征。不知这是荣幸还是悲哀？

想起故园中那头老牛的眼神和瘦脊背上的鞭痕，想起那些常年劳作的乡亲那一张张哑默千年脸，想起很多人、很多牛，都已经埋葬在黄土之下，我噙了很久的眼泪，终于在都市冬日的阳光下，滚落下来……

穿旗袍的鱼

有个朋友跟我说：梦见鱼能发财。

晚上，我便闭着眼睛使劲地做梦，连梦了十几个晚上，好不容易梦见鱼了，却是摆在鱼摊上，冻得硬梆梆的，鼓着呆滞的眼睛，张着嘴，仿佛有遗憾要说。

我去找朋友，说：我梦见鱼了，咋还没发财呢？

朋友问我的梦是什么情况，我如实相告。

他把头摆了摆，说：那哪儿成，光梦见鱼不行，还得梦见活的；光梦见活的还不行，还得梦见身上有鳞的；没鳞，就白搭！

我白了他一眼，说：鱼哪有没鳞的？

他捻着串珠，慢悠悠地说：你还别不服，你以为梦见有鳞的鱼那么容易吗？鳞代表财运啊。不信，你再回去做一场梦试试去！

试试就试试，不就是做个梦吗，两眼一闭就开始了，不费吹灰之力。

造就造。不过，这次的确比上次更难了，鱼好像知道我在梦里钓它，就是不肯现身，拿捏着劲儿呢。好不容易梦见一条鱼，活的，有头有尾有翅有腮，就是没鳞，浑身上下光秃秃的，在水里煞有介事地游来游去。难不成世上还真有这等无赖的品种？这不是成心恶心人吗！没鳞，算啥鱼，泥鳅也不是。

梦见一条带鳞的活鱼，咋这么难呢？估计梦婆不甘让人白捡荣华富贵，所以便故意耍奸使滑，让人梦不成；或者干脆雁过拔毛，将鱼鳞剥去，叫你空欢喜一场。

越不成，越想成，人就是爱跟自己较劲，较劲到可以忘记目的。此后，梦鱼成了我唯一的目标，醒着睡着，都在念念有辞：鱼，鱼，鱼……这份痴心，要是鱼知道了，也该感动了。鱼啊，你就从了我吧。

又不知造了多少场梦：胡编滥造的梦，一本正经的梦，天降异象的梦，栩栩如生的梦，梦里套梦的梦……梦得人都眼花缭乱了，带鳞的活鱼还是没来。更令人气急败坏的是，有一次隐约梦见一条活的，身上长的却不是鳞，而是汗毛。这条长毛的鲫鱼，像夏天时男人短裤下露出的腿肚子，肌肉发达，壮硕粗野，一走一滚动。你说，这算啥事啊！

这次，我真生气了：为了不让一个卑微人的愿望实现，梦婆竟将一条鲫鱼给糟蹋成这样，这不是损人不利己吗！这次，我算对梦鱼绝了望，死了心，有这工夫，养一条鱼也养肥了，何必再猴子捞月，竹篮打水，劳神耗力。

于是，偃旗息鼓，告别梦境，回到现实。不梦鱼了，让梦滚蛋，爱哪儿飘荡哪儿飘荡去。

这下轻省了，早上醒来身轻如燕，头脑清明，忘了带贪欲与原罪的初衷，忘了不好怀意的盼望。也许，梦婆正是看我心术不正，才鼓动鱼们看清我的庐山真面目，不上我的钩，并且变着戏法来对付我、取笑我、捉弄我。我自知理亏，甘拜下风。庆幸及时悔过，回头是岸。放下屠刀，立地成佛。

谁知这时，带鳞的活鱼却蹦到我梦中来了，且不止一条，条条摇头摆尾，搔首弄姿，让我欲罢不能。

你能想象那奇观吗？烟波浩渺的湖水里，无数条鱼鳞光闪烁，熙熙攘攘，多得简直可以用粘稠来形容，要是手头有网，一扬撒下去，拉上来的活鱼准保比风刮的树叶还多。我忘乎所以，欲望又占了上风，情急之下把一切抛之脑后，只剩这些亮瞎眼睛的鱼，让我心潮澎湃，热血沸腾。

我能感觉到自己的眼睛红起来了，像眸中燃着两盏灯的野兽。贪婪化为无底的仓库，在等待货物将其填满。眼前的鱼们变成了一座座金山银山，人坐在山上，吃喝玩乐，福寿无边。参禅悟道，哪有金山银山来得实在？幸福摆在眼前，不伸手才是傻子。问问老子、庄子，估计也难渡此关。

我亟不可待，自圆其说，巧舌如簧，另一个自己也知趣，顺水推舟，半推半就。瞬间，我便说服了自己。

于是，脱鞋下水，知道自己姿态不雅，也顾不得了。抓鱼才是正事，抓一条是一条，一个鳞片就是一笔金银，必须分秒必争。我张开双手，恨不得将整个大湖拢在怀中。

双手张开的一瞬我看见自己的倒影，青面獠牙，面目狰狞，脸是黑的，眼是红的。我变成了妖怪，比噩梦和漫画中的妖怪还可怕。我心惊肉跳，却又不甘心就此罢手，更不想再顾及自己的形象——那本就是给别人看的，与己何干？赶紧朝水中的鱼儿们伸手，不管手多黑，嘴脸多丑陋。

鱼们自然不肯束手就擒，好不容易抓住一条，"哧溜"又滑进水里了，比粉皮还滑溜，那刀片似的鱼鳞割得我生疼。鱼溅落水中的样子极美，像花样表演。这些狡猾的家伙，太不给面儿了，就这么不停地挑逗我，引诱我，捉弄我，欲擒故纵，让我愈发欲罢不能。

不能放它们走，一条也不能！我将吃奶的劲儿都使出来了，终于抓住了奇大的一条，抱在怀里，简直是一个肉滚滚的小娃娃，只是不会说话撒娇而已。它凉凉的肚皮贴着我的胸膛，我甚至还能听见它的心脏在咚咚跳动，不知是因为紧张，还是因为兴奋。我如获至宝，对它说：鱼娃啊，既然被我逮住了，我就是你的主人了。你该对我俯首帖耳、百依百顺才对啊！

谁知，话刚说完，鱼娃就像前一条那样故伎重演，轻巧地从我怀中挣脱了，在水中得意地冲我摇头摆尾吐着泡泡。更可气的是，湖里的鱼们又齐心协力把它往上一抛，像抛凯旋的英雄。于是，这条胖乎乎的鱼娃就在蓝天下潇洒地蹦了个高儿，像婴儿那样脆生生地喊了声：拜拜！

被一条鱼娃这样戏弄，不，是被一群鱼合起伙来这样羞辱，我简直被气昏了头，脑袋差点变成一个气球，"啪"地炸了。我想：这个梦太失败了，要是我是蒋委员长，一定会骂一声：娘希匹！

就这么纠结着，欲退欲进，欲得欲舍，扭秧歌似的在原地扭扭摆摆地踏步。这被欲望缠身却又屡屡不得的梦境，终于让我倦了。我想赶快退出梦来，干点实事，不和这些浑球纠缠了，却又咽不下这口气——总得让这些戏耍我的家伙付出点代价，哭着嚎着一把鼻涕一把泪地求饶吧？

想象着这个场面，我在梦中差点笑醒。我没想到自己内心这么邪恶。不过，面对一群能带来荣华富贵的活鱼，你又会如何呢？人之初，性本贪。

正在这时，神奇的一幕又发生了：只见一条穿旗袍的红鲤鱼沐波出水，袅袅婷婷地走到高高的湖泊大堤上。那里阳光明媚，繁花盛开，美若仙境，又充满暖洋洋的人间气息。

红鲤烈焰红唇，高贵冷艳，风情万种。她有双目空一切的丹凤眼，玲珑有致的旗袍下，露出鳞光闪闪的性感尾巴。这是地道的民国范儿啊，既有姨太太的雍容妖冶，又有几分村妇的朴实。她系花头巾，一边的翼上还挎个精致的柳条篮，似是到富贵人家走亲戚，篮子上盖黄绸缎，不知里面盛的啥。她一蹦一蹦地走，神态自得，趾高气扬，艳压群芳。

红鲤在堤坝上一出现，就吸引了各方目光，正飞着的一只羽毛花哨的鸟儿，差点一头从天上栽下来，但她对这一切目不斜视，连太阳都不在她眼中。每个被她藐视的生物，都在刹那感到卑微，连我，也被她邪恶魅惑的美惊呆了，一时不知所措。

眼看着她摇曳生姿地走过，我才惊醒过来：不能放她走！

"哎哎，穿旗袍的鱼，等一等！"我粗暴地喊，但她充耳不闻，或者压根就不屑一顾，继续趾高气扬地前行。

眼看它扭着腰肢，花样百出地越走越远，我气急败坏地说："你不能走，我千辛万苦才梦见你，你不能这么一走了之！"

红鲤不为所动，一群鸟儿簇拥着她，鱼们也在水中随她前行，在消失于地平线之前，这妖精突然回头嫣然一笑，从篮中掏出两粒小石子，"嗖嗖"朝我抛过来，将我从美梦中活生生敲醒了……

我做得最多的梦，就是抠蝉龟儿，看见地上有个小孔，一指头抠下去，却没抠到蝉龟儿，而是抠出了一只癞蛤蟆。

抠蝉龟儿，是我们童年时代最乐此不疲的事业。我们为此忙活了一个又一个夏天，直到来到城里，彻底与乡土隔绝，从此只能到梦里听蝉鸣去。

蝉龟儿，我们老家叫作捷溜龟儿，也有地方叫知了猴儿。每天傍晚，我一手拿个小铲子，一手握个油纸袋，就跟伙伴们到村后的树林去了。到了树林就散开，各忙各的。

树林那么大，每个人都有无边无际的地盘，用不着挤在一起抢一只蝉龟儿，像人家说的，三猫瞪着六只眼，容易见利忘义，闹不团结。

只要有树的地方一定有蝉龟儿，只要有蝉龟儿的地方一定有树，它们是生死一体，不可分割。蝉把卵产在树枝上，树枝便会枯萎，随风飘落，在风吹雨打中渐渐沉入泥土。然后幼虫便开始在地下生长，直到成为蝉龟儿，爬出地面，变成蝉。

它一生围绕着树转，永远不会离开。

夕阳西下时，蝉龟儿就开始从地里往外钻了。它先用小爪子将地皮抠成蛋壳似的薄薄一层，然后悄悄往外探头瞅瞅，如果有动静就缩回去，没危险就从地里爬出来，顺着树干往上爬，爬到安全的高处就开始蜕壳，像人脱衣服似的。只是它的脱法跟人不同，它先把性感娇嫩的脊背露出来，然后是头部、爪子、屁股。

有个成语叫"金蝉脱壳"，人们把脱壳变身的蝉，当做长生、重生的象征，这看得见的蜕变，显示了大自然妙手回春、无处不在的神奇。

蝉龟儿蜕壳都是在夜幕里进行，大概蝉龟儿也知道害羞，不好意思在光天化日之下脱光了。

日落之前，孩子们忙活的就是一个"抠"字，用食指或者铲子将蝉龟儿从洞里抠出来，放在油纸袋里。

有时候，手指伸进小洞里抠出的也不一定是蝉龟儿，而是癞蛤蟆，或者"小吱吱"，它是蝉龟儿中的侏儒。它要是变成蝉，就叫鸣鸣蝉，小巧玲珑，个性孤僻，鸣叫声也跟蝉不一样，蝉叫是"知了知了知了"，它却是"呜哩呜哩呜哩哇"，听上去悲悲切切，凄凄惨惨戚戚，有点词坛才女李清照的意思。

不知这小家伙，在地下有过怎样的遭遇。

被捉住的蝉龟儿往往不甘束手就擒，在油纸袋里唰啦唰啦地挣扎，这才发现里面已经有了很多同类。它们性情温驯，也发不出声音，只能一个个瞪着眼睛，用爪子无助地抓挠着。

幸亏它们的壳儿厚，否则非被抓挠得头破血流，甚至缺胳膊断腿儿不可。

晚饭后抓蝉龟儿的工作，主要是一个"照"字，拿一个手电筒往树枝上或者篱笆上照来照去，就有不少蝉龟儿纷纷落网。它们有的还在往树的高处攀登，有的已经在隐蔽处开始蜕壳，只要被手电筒照到，就无处可逃。

还在洞里没出来的或者还在地上爬的蝉龟儿已经很少,所以寻找的目标基本都集中在高处。

那时,蝉龟儿真多啊,有时候一棵树上能逮十几个、几十个,像一个蝉龟儿家族。大人有力气,捉蝉龟儿直接用脚踹树,一踹,就听噼里啪啦地往下落,满地是蝉龟儿在蠕动。它们还没等蜕变成蝉,没等在高枝上鸣叫两声,就成了人的手中物、盘中餐。

谁知道一只蝉龟儿从地下到地上,要挨过多少年的等待,多么漫长的黑暗呢?从一粒蝉卵到成虫的过程,需要3到6年,最长的甚至要17年,靠着吸取树根里面的汁液,它缓慢地生长、成虫,过程何等煎熬、绝望,望眼欲穿。

经历了艰辛漫长的黑暗,成熟的蝉龟儿才能在某个夏日的日落时分,从地下慎重地来到地面,准备它的新生——破壳成蝉。如果它能躲过人类的捕捉,顺利地蜕变成蝉,在树枝上餐风饮露,日日高唱,还能有几十天的逍遥时光;如果它在成蝉之前就被捉住,那一切就只能戛然而止、呜呼哀哉了。

明白了蝉如此艰辛地来到世间,就能明白蝉鸣为何如此高亢激越,甚至带着那么点牢骚、那么点怨愤了。有时,蝉鸣几乎接近聒噪,好像恨不得将整片森林都吵遍,让所有的耳朵都听见。

被吵烦了的人们,恨不得一杆子将它们从树上捣下来。

不过,蝉既然有一副歌唱家的好嗓子,就拥有歌唱的自由,人又有什么权利干涉呢,蝉那么短暂的一生,不喊出来吼出来宣泄出来,怎么甘心呢?

等蝉龟儿变成蝉,小孩们便开始了孜孜不倦的捕蝉事业。往往是在中午最炎热的时候,扛着一根竿子出门,潜到大树下或者树林里。杆子上挂着个网包，沾着面筋或者黏胶，一中午，就能收获一油纸袋的蝉。回去用水洗净，摘掉翅膀，用盐淹起来，等盐味进去了，就捞出来放在油锅里炸，炸得又黑又亮，那个香啊，神仙也要淌哈喇子了！

不过，老蝉跟蝉龟儿比，味道还是差点。蝉龟儿肉质鲜嫩，背部全是细腻的肌肉，屁股却软软的，全身高蛋白，人称"唐僧肉"。老蝉却皮糙肉厚，嚼都嚼不动。所以捉蝉龟儿，尽量在它变成蝉之前捉，一旦变成蝉就身价大跌了。

本是同一物，蜕壳的和不蜕壳的，咋就差别这么大呢？

每个生命都自有灵性，但人盯着它们，却都别有目的：看能不能吃，看能不能用，看能不能玩，看能不能医。蝉龟壳儿就是一味中药，能疏散风热，利咽开音，明目退翳，息风止痉。既然全身是宝，人类岂能白白放过它们？

这些年，人们的捕捉加上农药的泛滥，蝉龟儿已经越来越少了，有些地方甚至听不到蝉鸣了。为了饱口福，人们又想出了新招儿：养殖蝉龟儿。于是，这些可怜的小生灵只能为满足人们的口腹之欲前仆后继。生也没得选择，死也没得逃避。

想想也无奈，大自然的生存法则就是弱肉强食。生命的存在，就是如此纠结。

有个问题，我一直百思不解：蝉龟儿是哑巴，为什么一变成蝉就成了歌唱家呢？歌唱得孜孜不倦、义无返顾。

蝉依树而生、为树而唱，不厌其烦，尽管在歌唱方面实在没有多少天赋，总是单调地重复着：知了知了知了……可是到底知了什么呢？蝉的肺腑之言、灵性之音，人类压根儿听不懂。

人类早已在红尘里，丢失了灵性的耳朵，听不进别的生灵诉说了。

城市里蝉很少，不是因为乡下的蝉飞不过来，而是因为城市树少，缺少让蝉龟儿出生的土壤，它们的脑壳儿再坚硬，也难以撞开水泥地面的大门。再是，城市的骄阳毒辣灼热，能耐得住它炙烤的蝉不多。它们九死一生地活下来，油炸火烹般地扯着嗓子"知了知了知了"喊着，声嘶力竭。缺少大树的滋润与隐蔽，城市的蝉鸣永远难以形成大合唱的规模。

所以城市的蝉鸣无论多么虚张声势，其实都是势单力薄，无法跟乡下蝉鸣的阵势相比。

蝉永远也离不了树。离了树，它啥也不是，也唱不出好歌。

蝉以树为生，也终生为它歌唱，呕心沥血，死而后已。蝉的一生，便是围绕着树不停的轮回。从这棵树下消失，又在那棵树下爬起。

蝉与树，永远相濡以沫，不离不弃。

蝉对树的爱，是鱼与水，是雄与雌，还是子与母……没法定论。爱，本来就超越性别。

你见过死去的蝉吗？它抱紧一棵树，爪子深深地镶进树肉，大瞪着眼睛，像没有爱够，永不瞑目。

蝉为树唱了一辈子，唱到最后嗓子都嘶哑了，却仍然感觉没有尽心尽意。它筋疲力尽，直到再也发不出声音。它针一样的嘴还深刺在树皮里，像孩子要最后一次吮吸母亲的乳汁。

死去的蝉翅膀破损残缺，眼睛是灰的，人们叫它疯蝉。是的，唱到深秋，唱到最后，蝉已经疯了，为树鸣叫得更加疯狂。

蝉抱紧树的样子让人震撼。一只蝉抱住了一棵树，就像抱住了整个世界，瞬间便是一生，转眼便是永恒。

眼前的草原，不是梦中的样子。那些想象中原生态的花海草浪，去哪里了呢？

虽然到处都是花：金莲花、雪绒花、婆婆纳花、薄荷花……但都被规划得齐齐整整，没有了肆意盛开的野性。据说这是飞机播种，然后专门围护起来，供游人观赏的。

听说这花来得如此不易，瞬间明白了草原不是自己原先想象的那样，要打滚便打滚，要放歌便放歌，要采花便采花，更不能撒开蹄子撒野。我们都变得小心翼翼起来，生怕一不小心变成了"采花贼"。

来之前，朋友们曾相约要在草原的月光下学狼嚎。此时，这个放肆的想法也羞于再提了，免得让人家以为来了一群原始人，或者一群现代的梦呓者。

既然不能撒野，大家就只能忸忸怩怩地站在路旁照相，拘谨地与花保持着君子的距离。也有爱美的女士经不起花的诱惑，弓着腰鬼鬼祟祟跑到花海里蹲下，摆个姿势，让人迅速按动快门，做贼似的留下与花共舞的一瞬。

我急切地想见到草原上的羊。我喜欢那些温驯乖巧、惹人怜爱的生灵，它们的叫声哀怨缠绵，它们的眼神清澈苍凉。我对它们的爱与生俱来。

以前看连环画，看到身着异族服装的牧羊少女，头上插着野花或者鸟羽，腰间扎着皮带，脚蹬雕花马靴，那英姿飒爽的模样令人羡煞。站在绿浪滚滚的草原上，头戴野花，手握牧鞭，怀抱一只温顺的小羊，曾是我少女时代的向往。我甚至还想像"西部歌王"王洛宾那样，做牧人鞭下的一只羊，或者少女怀里的一只羊，有俏丽的嘴巴和清纯的眼神，歌声像早晨的第一滴露珠那样清冽。

在我的想象中，草原是有情有义的，纵使两只雄鹰在天空相遇，也要相互拍一拍翅膀；纵使两只蝴蝶在同一朵花里告别，也会相互碰一碰触角。

我曾经无数次想象过在草原放牧的情景，唱着那首心爱的《好日岱》：

"夕阳映红脸庞，

熟悉的奶茶香。

牵挂的人儿呀，

你是否别来无恙？

走过那小河旁，

骑着马儿过山岗。

思念的人儿呀，

儿时的歌仍记得吗……"

"好日岱"在蒙古语中是何意？有人说是"落日的余晖"，有人说是"亲爱的"。

可惜我最终没能到草原上做牧女，而只能放牧三千汉字。日里夜里，我将那些汉字痴痴地编排摆弄，将它们变成想象中的羊群，但是都市里没有羊儿的叫声，只有窗外各种交通工具的鸣叫。

我只能在心中哼唱着草原的长调，在都市里自欺欺人地做我的白日梦。

不管怎样，草原的天还是比城市的蓝，云还是比城市的白，空气还是比城市的澄澈，这叫人在心理上多少恢复了些平衡。

离开花海，车撒欢似的向前跑，不时有云彩扑到车玻璃上来，像大团的棉花，叫人有被"噎"了一下的感觉。草原的云彩有扑面的热情，道路更是开阔，没有树的遮挡，景色一览无余。遥望四野，漫无边际，想看多远看多远，想跑多快跑多快。

草原，还是比城市自由奔放，将一群人撒在了胸膛上，像撒一群羊似的。

不知道撒野似地跑了多远，又经过一片牧场，就几乎不见花了，连草都像被啃过似的萧条，仿佛春天还没有到来。一片云彩飘过头顶，也不打个雷通知一下，细雨就下起来了，如无数条线密密缝织着，天地瞬间陷入一片苍茫。

草原的雨，一旦下起来就声势浩大。雨线混淆了空间与距离，连那些漫天飘着的云彩也不知哪里去了。是被淋湿了，还是像一条条被子般沉甸甸地落到草地上了？

迷蒙中，终于看见心心念念的羊群了！雨中闻不见青草的气息，却见成群结队的羊站在草茬上，神情静穆又茫然。它们的主人包着花头巾，穿着雨披坐在石头上，分不出男女，人也静默得像石头一样。

羊和牛一样，吃的是草，挤出来的是奶，是最沉默寡言、无私奉献的动物。它们身处的地方，总在远离人群的地方。

据说，在这片草原上，牧民每人可以拥有八百到一千亩的牧场。雨中的草原，看不清一朵野花的模样。透过车窗上蜿蜒的雨帘，像隔着谁的泪水。草原在此刻沉默孤寂，没有牧歌，没有羊儿的歌唱。无边无际的苍茫之中，人寂寞，羊寂寞，连小草也寂寞。

所有的动物和植物，千万年来一定都在等待着有缘人经过，相遇时却默默无言。是什么，让羊儿失去了歌唱的欲望？难道是羊儿对这片草场不满意吗？难道是草原没有喂饱它们吗？

再跑下去，看见不远处一个个黑乎乎的大坑，朝天张着嘴巴，一道道车辙如一道道伤口。那是露天煤矿，在本该如诗如画的草原上，它们的出现令人惊心动魄。

听说，这片草原与很多草原相比，已经是好草原了。如今很多草场在日渐稀疏，风沙连年的逼来，得寸进尺，将草场侵蚀得与内陆平原没有多大区别了，一棵棵小草面黄肌瘦，神态萎靡，甚至不如内地的野草那样精神抖擞，趾高气扬。

"敕勒川，阴山下，天似穹庐，笼盖四野。天苍苍，野茫茫，风吹草低见牛羊。"从古老的《敕勒歌》中我们知道，在远古时候牧草是多么丰美，连牛羊都藏在盈盈的牧草底下，只有风吹来时才看得见它们的身影。草怎么吃都吃不完，水怎么喝都喝不干，草场怎么望都望不到尽头。每一只羊儿的嘴巴，都被青草染绿。草原是牛羊的天下，连人，都要跟着它们的脚步走。

而今呢，越来越多的草原在萎缩、沙化。有些草场刚入秋就一片荒秃，骑马走过，赤裸的地面留下白色的蹄印，马蹄上沾着的是尘土，而不是芬芳的草浆。八月的草原也会毫无征兆地大雪突降，一夜间将草场覆盖在白雪下面。羊儿们饿得噙着泪水哀哀鸣叫，如孩儿失去了母亲的乳房。

草原上看不到青草，是最大的荒唐。究竟是谁破坏了草原，改变了牛羊的家园？过去，人们将羊群喻为白云。将白云喻为羊群，现在是羊群和白云一样，都失去了原有的洁白。工业文明的污染和人类无节制的索取和开发，改变了很多事物的模样。羊本是一身洁白的皮毛，来尘世间走一趟却滚成一身肮脏。

千百年来，草原人遵崇着万物相依共存的自然观，对天赐的一切保持着虔诚的敬畏，才守住了草原的平衡和静谧。而如今，草原却日益退化，气候越来越恶劣。人为的破坏，比狼虫虎豹更可怕。如果有一天地球灭亡，罪魁祸首一定不是那些连话都说不出来的生灵。

人类对自己的作为心知肚明，牛羊却并不知道。有时候，它们只能停止歌唱，以沉默作答。作为不会说话的动物，它们只知奉献，不会索取；只能忍受，不能反抗。

美国也有西部大开发的疯狂时期，导致草原萎缩，风暴袭击，各种天灾人祸连年袭来，畅通无阻。美国人一时没弄清原因，还以为西部大开发是一件伟大的壮举呢，直到科学家们给出确凿的证据，这才明白过度开发带来的危害远远大于开发带来的价值。于是他们偃旗息鼓，不再在草根上垦荒种粮，让每一棵小草都充足地发挥它固沙挡风的本领，才让差点被黄沙埋葬的草原，又绿油油地活了过来。

从此，美国人再也不敢轻易对这片土地伤筋动骨了。他们醒得快，没有造成惊天动地的损失。

草原的雨来得快，去得也快，阳光重新照亮了大地，棵棵小草伸着懒腰醒来了。有了雨水的滋润，它们精神多了。羊们用嘴唇碰掉滚来滚去的雨珠，吮吸着大地的乳汁与精华，吃饱了就趴在草丛中遥望远方，神态安详。

望着扑面而来的或繁盛或萧条的景色，我心里的伤感明明灭灭。我知道盛极而衰，七月将去，八月将临，草原很快将变成一片枯黄。博大无垠的草原，是那么深邃，又那么虚无；那么富有，又那么贫瘠。

走过了草原，羊儿是我最大的牵挂；离开了草原，羊儿是我最深的念想。

回到北京，空气有点呛，我戴上口罩，只露出一双追问世界的眼睛。我想回到草原，去问问诚实的小羊，让不会说谎的它告诉我真相，但我又怕面对它比露珠还清澈的眼睛，怕听见它还未开口就即将喑哑的哀唱……

在乡下，猫和狗是每个家庭必不可少的一对冤家。只要有人在，就有猫狗在。猫狗合不来，见面就要厮打，谁看谁也不顺眼，但谁也离不了谁，这大概就是《易经》说的相生相克吧。

狗愤世嫉俗，看不惯猫好吃懒做，矛盾一触即发，有时候把猫追到树上，有时候把猫逼得跳到屋顶上去。猫被狗追得上蹿下跳，上气不接下气，好不容易找到一个狗够不着的地方，就会把腰弓起来，皱着鼻子咬牙切齿地诅咒狗混蛋，同时，也会在心里暗自庆幸：幸亏自己保留了这蹿房上树的本事啊，否则，不但被老虎欺负，还会被狗欺负！

狗和猫斗，基本上都是狗吃亏，因为猫有主人护着。俗话说：会武的耍不过玩拳的，能干的敌不过能说的。农家院里的动物成员们——鸡、鸭、鹅、猪，驴、牛、羊——说起这件事来，都有些替狗不平：为啥平时惹事的总是猫，而挨打的总是狗呢？猫那家伙太刁钻油滑了，从来不吃亏，这样的朋友不能交，以后大家都得躲着它远点儿。

猫是男女主人的宠物，可以趴在他们的桌子旁吃饭，经常有主人赏赐的鱼头吃；夜里，猫还可以睡在他们的被窝里，狗鸡鸭鹅猪驴牛羊们，谁能享受到这样的待遇？

家禽们看不惯猫，于是私下里经常嘀嘀咕咕地咬耳朵，说些猫的闲话。

据说猫不是中国国籍，它是波斯"人"呢。你看，倘若给它围上条曼妙的纱巾，它那在月光下闪闪烁烁的绿眼睛，一定会说出些别样的话来，说不定还能跳上支风情万种的肚皮舞呢。猫很会献媚，像那些没长骨头的女人，一副小鸟依人的妩媚模样，无论见了谁，它都凑到人家前面"喵呜喵呜"地叫，声音细得像根线，娇滴滴得快要断了，那小样儿还真是我见犹怜。

可是那些媚眼娇相，究竟有几分真心？在现实生活中，如果你遇见像猫一样的女人，最好别搭理她，否则，你就离身败名裂不远了。

猫很爱美，常用爪子洗脸梳头，做那些动作的时候，大家都分不清它是个俏女郎还是个洋绅士。猫有黑的、白的、花的，令人眼花缭乱。它的眼睛多是深邃的绿色，甚至两只眼睛不同的颜色，在不同的时间、地点和情绪中，它的眼睛会变色，让人迷惑。本来它趴在你被窝里呼呼地睡觉，张大嘴巴打哈欠，那萌样子像个小孩，很乖很懂事；可是偶尔一回头，却见它在看着你，研究着你，那眼神很古怪，很魅惑，好像里面藏着另一个高深莫测的灵魂。这时候，你会忍不住打个寒战，感到它很可怕。

对越熟悉的动物，人们有时越会觉得陌生。

猫在人屋檐下住着，被娇宠，被爱抚，地位比狗高得多，有时简直被惯得不成样子了，娇气得像个千金小姐。人吃饭时，就在桌边给它摆一个精致的小瓷碟子，将自己吃的东西与它分享。猫的饭量不算大，比林黛玉还少，几根鱼骨头就够了，多吃一粒米就会撑着，半夜里还爬起来闹肚子，"喵呜喵呜"地抽泣个不停，把女主人心疼得直掉珍珠泪儿。

你说猫多矫情啊，但越矫情越得宠，主人就好这一口，谁也没招儿。

过去生活不好的时候，猫还算勤劳，尽忠尽职地替人拿耗子——狗拿耗子就成多管闲事了，因为那不是它份内的事儿。猫尽管能拿耗子，但能吃上顿耗子肉也不是件容易事，弄不好还会被耗子的利爪撕破那张妩媚的脸皮。但没办法，人穷得都吃不饱，逼得猫必须自力更生。所以那时候，猫还不算是寄生虫。

猫发威的时候，声色俱厉，咬牙切齿，本来就圆的眼睛瞪得更圆了，胡子翘着，腰弓得像骆驼，那凶巴巴的小样儿，让人很难将它与平日温顺的形象联系起来。这哪是猫啊，分明是老虎。但是很可惜，猫这一套狐假虎威不堪一击，除了耗子，很少有谁被它吓倒。

狗平时老实本分，有时也忍不住跟家禽们咬咬耳朵，说几句猫的闲话：听说猫和老虎还真是有亲戚关系呢，猫本是老虎的舅舅，它教老虎学本领，其它的全教了，看着老虎日渐强大，它就留了一手——没教老虎爬树。老虎以为自己将猫舅舅的本事全学到手了，渐渐得意忘形，原形毕露，张开血盆大口要吃掉它的猫舅，猫一看不好，叫一声"俺的个娘哎"就哧溜哧溜爬到树上去了。老虎没学会爬树，只能在下面吹胡子瞪眼，但已于事无补，悔之晚矣。猫爬到树顶，抱着树干心有余悸地朝下张望，庆幸自己留了这么一手。

狗经常受猫的气，心里不服，很后悔当初没跟猫学两手，要是将它爬树的本领学到手，就不至于时常挨女主人的扫把了。家禽们觉得狗傻，是真傻。猫连它外甥都不教，能教你？再说啦，你不挨打谁挨打？无论啥时候，只要有猫在，你就是个垫底的！

俗话说：狗忠诚，猫懒惰，屋檐底下凑合着过。狗无论在何种情况下都不会背弃主人，纵使主人家穷得管不起饭，它吃屎也要跟着主人，饿死不低头，冻死迎风站；猫却贪恋富贵，见异思迁，馋猫鼻子尖，谁家有好吃好喝的，唤它一声，它"喵呜"一声就跳过墙头另谋高枝去了，连头也不回。

当然，也有矜持高贵点的猫，摇着尾巴走猫步的。猫和人一样，也有放不下架子的、端着的、假清高的。

寒气逼人的冬日晚上，猫拱进主人的被窝，卧在他们脚边睡得呼噜震天的。猫的毛柔软滑顺，人贴着它很暖和、很舒服。看家狗就没有猫的待遇，它只能睡在鸡窝边、草垛旁，或者蜷缩在一条破轮胎里，不时冻得打几个寒战，感叹着人情冷暖，世态炎凉。

天上的星星看到了，也会在寒夜里发出一两声叹息：狗和猫，这待遇咋就这么悬殊呢？狗能看家看孩子，猫除了能给人献献媚，还能做点啥实事呢？为啥得宠的永远是猫，不讨好的永远是狗？

可惜动物世界的生存道理，到了人类世界仍然畅通无阻。

猫享了福，却得了不太好的名声，它又不思悔改，一直将这个并不优良的传统保持下来，渐渐在人类那里失了宠。现在，楼房越来越多，平房越来越少，耗子也少见了，猫就更无用武之地，成了累赘，不知猫对这种现状反思过没有？不过猫反而因祸得福，因为它现在成了宠物，不用捉耗子了，还有进口罐头吃，惬意着呢！

猫是离人最近的动物，也是离人最远的动物。它似乎对谁都很热情，却又好像对谁都很冷漠。它的绿眼睛看着你，会让你一不小心就陷进去，进入一个亦真亦幻的世界；它蹑手蹑脚地就来了，蹑手蹑脚地就走了，呼之则来，挥之而去，行踪不定，神秘莫测。你抱着它，搂着它，抚摸着它的毛发，感受着它的体温，却永远不知道它心里想的是什么。

也许，真像传说的那样，猫来自一个陌生的国度，所以它的眼睛永远说着我们不懂的话。无论它来你家已经多少年，它都无法真正地融入你的生活。这就像一个女人，被一个男人深爱一生，同床共枕，相依相偎，却始终没弄清她的底细和来历……

荒凉的渠河滩，很少见到人影，却是动物们肆意妄为的天下。天上的喜鹊、燕子、乌鸦、麻雀起起落落，地上的野兔、蛇、獾、黄鼠狼、刺猬在草丛中穿梭。它们偶尔见到个人，就像撞见了鬼一样吃惊，随即便立起身子，用各自的方式向人不卑不亢地示威，最后落荒而逃的基本上都是人，而不是它们。它们仗着"人"多势众，所以不怕人，在这里它们是皇帝，人只是过客。

河床也一样野草丛生，虫兽出没，因为渠河水早干了。北方，现在已经很难找到一条从头流到尾的河了。河床都干得长出了头发，那些丰沛的河水，只在人们童年的梦里溢荡。人们肆意在河床上炸石头、挖沙子，在远方盖起钢筋水泥的丛林，而在河床上留下无数伤痕累累的石坑。

一场场暴雨后，废弃的石坑便蓄满了水，深不见底，显得诡异莫测。据说，水最深的地方，二十个大汉摞起来也够不着底儿。它们隐没在野草丛中，远远地看不见，只有近前了，才能发现这巨大的陷阱。石坑里沉寂着暗绿的死水，如一只孤独的眼睛，辉映着苍茫的天空。飘摇的水草和不甘寂寞的鱼，偶尔弄出些动静。

看到这样的情景，人就会恍惚。时光在这里大概是停滞了，只有云彩的倒影拂过，如前世的记忆。

在村里人心目中，渠河滩已经不属于人类的地界，所以，很少有人敢独自到那里去，尤其是胆小的女人。我却常常挎个篮子去割草，或者端着个盆去洗衣服，当然，篮子和盆都是道具，里面盛着我对那片荒蛮世界的好奇。我常常祈盼，能在那里遇见点什么，发生点什么，哪怕丢失点什么。

那时，我十几岁，欠揍的年龄，对未知事物充满探索的欲望。

人一生中，大概都会有那么段时间，在躁动不安中等待一次机遇，好破釜沉舟，飞蛾扑火。

母亲曾说过，我是她从渠河的流水里捞起的，我对此深信不疑。我觉得我的心与那个蛮荒世界是相通的。我的血管里流着那条河的水，我听得懂那里每棵野草的低吟、每只飞鸟的鸣叫，连对岸松柏上的乌鸦，我也能听懂它阴沉的忧伤。

一个丢失了阳光的秋日下午，我独自来到石坑边，坐在石头上洗衣服。村子搬到了新地方，离这里更远了，来洗衣服的理由几乎没有了。可是，我还是来了，在村口遇见的人神情都有些狐疑，我知道，他们一定在心里嘀咕：这个瘦巴巴的女孩真是古怪，一个人去荒山野岭洗衣服，莫不是病了？

天阴沉欲坠，四野苍茫，鸟声不闻。人来到这诡异的地方，好像也变得有些不对劲了。我在鹅卵石般光滑的石头上漂洗着那件粉红色的花褂子，手指被凉水刺得又红又肿。

在这个石坑不远处，是另一个石坑，它曾经收去了我一个长辫子的女伴。

那天，太阳在头顶烤着，火烧火燎，伙伴们脖子上都淌成了小溪。割完草来石坑边洗脚，"长辫子"扑通跳到水里，笑嘻嘻招呼我们一起下去。大家在岸边你看我我看你，忸忸怩怩不肯下水，不是因为怕水，是因为害羞。"长辫子"就在水里扑扇着，如鸟儿扑扇着翅膀，她边赞美着水的清凉，边往石坑中心游去，诱惑得我们跃跃欲试。这时，却见她剧烈扑腾起来，浮起来，又沉下去……

石坑里的水静默不动，却又仿佛在等待什么。身边野蛮的水草，高过我瘦削的身影。在这里，人是弱势，几乎找不到存在感，一不小心，就被这荒莽的一切淹没了。一只水鸟儿斜着翅膀撩了一下水，又直起身子飞走了，像微型飞机，倾斜、平衡，姿态优美。

突然，一个红色的物件从水里冒出，向我飘来。我一时有些恍惚，眼睛眨也不眨地看着它，那似乎是只红凉鞋，如此静谧的水面，怎会突然冒出只会游泳的凉鞋呢？

我的心跳得乱了节奏。不管多么渴盼奇迹，当它真正发生的时候，一样不知所措。

老人们常说：蛤蟆滩的石坑里有水怪，还有锅盖大的鳖，至少有三百岁了，常在月明之夜出来晾盖儿，甚至到陆地的石头上晒太阳。有人反驳说：这些石坑才打了十几年，怎么会有三百岁的鳖呢？老人们振振有词：石坑年岁短，但是渠河年岁长啊。老渠河里的神物多着呢。渠河水干了，遗留下来的老鳖无处藏身，只好到这石坑里来度残生了。大家觉得有理，对这些可能藏龙卧虎的石坑更加敬畏，轻易不敢前来冒犯。

老人们还说：渠河滩的动物们都成精了，尤其是那些石坑，一定得十二分地小心，在那些幽凉的石缝里，栖息着些古怪的小生灵，它们都是现在的河流里消失的物种，在久远的过去，水底的精灵们常幻化成莲花呀手帕呀之类女孩喜欢的物件，来诱惑人，人要是起了贪念去抓，非被它拽下去不可。

这些，年轻人闻所未闻。

我暗下决心，要扛得住那只红凉鞋的诱惑。谁知，它竟然不声不响地飘到我跟前来了，在石头前打旋，就是不走。我警告自己：不能伸手，不能伸手！偷眼一看，又吓了一跳，原来，不是红凉鞋，而是一条肥肥的红鲤鱼。奇怪的是，它游动迟缓，丝毫没有逃走的意思，它的嘴巴甚至一张一合，好像在说：好人啊，救救我，带走我吧！

我和这条红鱼对峙着，整个世界仿佛就剩下了这两个孤独的生命。

在影片《追鱼》中，红鲤鱼变成美丽的小姐，爱上了书房夜读的书生……这是那条红鲤鱼吗？如果不是，那它是谁？它突然冒出来，像神话中那样不可思议。它来做什么？如果是找我，那找我做什么？

我突然着魔似的想把它抓住，据为己有。因为激动，我的头一炸一炸地发涨，眼前只有一片鳞光闪闪的红。我一手扶住岸边的石头，一手去抓它。抓住了！但它略微挣扎着摆了一下尾巴，就刺溜一下滑入了石坑，溅起小小的浪花。它入水的样子似乎不太情愿，好像说它并不是自愿回到水中的，而是由于我失了手——它的身子太肥腻，要握住它的确不易。

既然已经抓住了一次，它凉凉的鳞已经被我的手心吻过了，我便有了一种切实的把握，感觉不那么虚幻了：它就是一条鱼，实实在在的鱼，不是其它。一种更强烈的欲望控制了我：一定要抓住它。既然它自己送上门来，管它来干什么，先抓住再说！

我把脸盆里盛满水，再次急切地伸出了手。手划破了水纹，向水草摇曳的底部探去。我再次把这个妖媚的家伙抓住了。这次，它似乎比上次有劲了些，挣扎的幅度大了，一个劲地摇尾巴，像一个不同意的人在摇头。我才不管它呢，我觉得它是在作态，欲擒故纵。

在红鲤鱼摇头摆尾的挣扎中，我将它扔到了盛衣服的脸盆里。它倒安静下来了，在浅浅的水上漂着。也许它知道，脸盆不是深邃的石坑，再闹腾也起不了什么风浪。

空旷的河滩上，只有我和再也逃不掉的它。它让我有些不安，可是我还是强词夺理地认为：既然被我逮住了，它就是我的了，不是这个石坑的了，也不是这片天、这片地的了！即使你是妖精，我也不怕了。

从今以后，你就与我相依为命吧。

我继续在石头上洗衣服，那条鱼安静地躺在盆中，就像婴儿躺在婴儿车里。我们彼此相安无事。

深秋的风吹过脸盆时，起了苍老的皱纹。风割在我红红的手背上，刀刃一样凉，而手插入水中时，还有些温暖。水，还保持着太阳留下的温度。

远远地，从高高的拦河坝上走下来一个人，穿着坎肩，腰间扎一条毛线围巾，走得步履生风。近了一看，是二爷爷。他的手插在袖筒里，山羊胡子在秋风里抖着，我忙站起，扬起水淋淋的手朝他喊起来。

他愣了一下，在这荒郊野外见到神仙不意外，见到人就有些稀奇。他问：妮子，你咋在这里？我说：洗衣服呢，你去哪里了？他说：我去河北你姑姑家了，天阴成这样，怕是要下雨了，快回吧！我说：我还没洗完呢，你把这东西给我捎回去吧！

二爷爷探头看到那条红鲤鱼，笑逐颜开，说：好！做一顿酒肴满够了！说着，就将红鲤鱼捞出来放在一个油纸袋里。鱼在里面扑棱得厉害，他就干脆解开腰带，将它揣在夹袄里了。

我目送着二爷爷揣着那条鱼走远。脸盆里空了，我的心也空了。偌大的荒滩上，又只剩下了我和越来越低沉的天，越来越尖利的风声。它像一只无形的爪子，抓挠着我忐忑的心。红鲤鱼在盆里的时候，我还是个胜利者，现在，我又啥也不是了。

只有偌大的荒滩，随时准备吞没我。

那条红鲤鱼在我家水缸里养了很多日子，它不再是那副病恹恹的样子，尾巴摆动得也灵活多了。离开那个深不见底的石坑，它好像恢复了青春，那份妖媚也渐渐消失，只保留了最初的神秘。

但我不知道，这是否是红鲤鱼想要的生活。我只知道我捡了个麻烦，为了它，我跟家里人一直对峙着。他们之所以没立即杀了它做汤，是想养得更肥些。它那么美，像精灵，怎么可以被那些切惯了蔬菜和肥肉的刀宰杀呢？精灵不该落得这么世俗的结局，但我又为它安排不了更好的命运：既不愿吃它，又不愿将它重新放回石坑，让它做一只自由自在的"红凉鞋"，或者一朵若隐若现的红莲花。除此之外，我想不出第三条道路，即使有，怕是也无能为力。

我只有猜测一条鱼命运的自由，却无力落到实处。我固执地认为，那天，它来找我，一定是想离开那里，就像我天天梦想着离开这片土地。

天气越来越冷，红鲤鱼也越来越瘦了，看来水缸里的水没有石坑里的水有营养。透过它的鱼鳞，我仿佛看见它满身的鱼刺和一鼓一鼓的呼吸。

家人说：这条鱼当时一定是病了，要不，你怎么那么容易逮到它？别留着让它受罪了，既然它送上门来，就是让人吃的。吃了它，它也就解脱了。我犹豫了，不知该不该拦下家人举起的刀子，也找不到一个名正言顺的理由。

就这么着，那条红鲤鱼化成了一锅白白的鱼汤。

只是，那个疑问至今还萦绕在我心头：在那个阴沉无望的午后，那条红鲤鱼为什么来找我呢？

养狗记

一、来了个"白领"

这家伙小得像只刚断了奶的猫，脾气还不小，刚抱来那天，我在沙发上玩手机，它试图跳上来和我平起平坐，跳了多次都没成功，还摔得鼻青脸肿，便恼羞成怒，冲我色厉内荏地叫嚷一番，仍怒气未消，在各个房间跑来跑去，控诉着我的冷落。

脾气这么臭，还有个温文尔雅的名字——白领，简称小白，因为脖子上有一圈白毛。这雅名是"长颈鹿"给起的，他心目中的"白领"就是如此水准。

从那年养的布拾丢了以后，我俩就再也没有养过狗。布拾虽然也桀骜不顺，却贵在忠诚。我上班，它追在我的电动车后跑，石头也打不回；为了等我下班，它趴在我车旁等了整整一个上午，烈日将它的皮毛都晒烫了。可惜它太爱坐车，看见车就"嗯嗯"地往上跳，终于把自己弄丢了……

如今，再也不可能养到这样一条忠心耿耿的狗了。朋友是老的好，狗也一样啊！

越想就越瞧不上这新来的家伙，比只蚂蚱大不了多少，还牛气哄哄，喊它也不搭理，像没听见；看人还斜愣着眼睛，白眼珠子多黑眼珠子少，不屑一顾的样子。

给它拍照，它把脸扭过去，用爪子将脸捂起来，或者把脸藏在沙发里，东躲西藏地逃避着镜头，好像多大的腕儿似的。你再照，它就伸出爪子来挠你的镜头，警告你不要侵犯它的隐私。

对男主人，这活宝却判若两狗，一听见门响就摇头摆尾地跑上去迎接，站起来抱住"长颈鹿"的腿不放，一副奴颜媚骨的小样儿。我看这家伙是站错了立场，不明白到底是谁管它的饭。

"长颈鹿"正抻着长脖子看电视，小白就将他的脚丫子仔仔细细舔了个遍，害得他只好跑到洗手间一遍遍冲洗。"长颈鹿"酷爱小动物，见了啥狗都亲，彼此相看两不厌。如果有机会，让他当个养狗场场长该是个不错的选择。守着满地活蹦乱跳的狗儿，也算实现他的梦想了。

尽管白领让"长颈鹿"心花怒放，我却恨不得一脚将它踹到瓜哇岛去。这家伙看我也不顺眼，经常跳着高咬我。踢它一脚，它就斜愣着眼咬着沙发角，像童养媳仇恨地主婆似的。

二、狗狗的报复

"长颈鹿"说，市场老刘开车时不慎压死一只小狗，只好开车逃走，狗妈妈追在后面狂吠不止，让老刘心惊肉跳。他原以为狗没记性，这事儿过去也就过去了，谁承想狗妈妈一见老刘的车就追着疯咬，不管车是谁开着。它认车，不认人，也不认车牌号，弄得老刘很沮丧，想给狗妈妈赔个不是，它又听不懂。

老刘家也养了一条小狗，叫欢欢，和白领一个窝里抱来的，是一母同胞。欢欢也是母狗，性格却比白领温良得多。老刘是个卖菜的，它便跟着老刘吃青菜，将各种菜叶子嚼得咯吱响，果真是跟了谁家随谁家啊。

可叹的是，老刘压死那条小狗时，欢欢也在场，狗妈妈痛心疾首的惨状让欢欢起了连锁反应。它听到外面有车响就上蹿下跳地疯咬个不停，好像跟每辆路过的车都有仇，老刘呵斥它不要管闲事也没用。

欢欢有时回娘家，人家给它东西吃，它还害羞，忸怩半天才肯吃一点儿，吃得很拘谨。只有见了小白它才活泼点儿，摇头摆尾打滚儿。

欢欢守规矩，不惹事，小白却是个多血汁性格，一刻也不消停。它还经常给店里搞创收，看见外面有个矿泉水瓶子、破纸盒啥的，就颠儿颠儿用嘴叼过来，堆在一起，"长颈鹿"隔三差五就卖一次，卖个三元两元的，再贴点儿钱就给小白买火腿肠吃，取之于民用之于民。

小白享受着自己的劳动成果，吃得很欢。

小白吃火腿肠吃上了瘾，难免就有些不择手段。有个小孩捏着家长给的五毛钱去买零食，从公司门前走过，小白见了穷追不舍，吓得孩子扔了钱就跑。小白屁颠屁颠将钱叼过来放在"长颈鹿"脚下邀功，被臭骂一顿，将钱还给了小孩。

"长颈鹿"告诫小白以后要遵纪守法，不要拦路抢劫。小白垂着头，用爪子抱着一根火腿肠，讪讪地。

小白去找欢欢玩，一见面就又吵又咬，好像有深仇大恨。它用嘴叼住欢欢脊背上的皮，转着圈地摔打，瞧那个狠劲儿，哪像亲姊妹啊，大家费了好大劲才把它们分开。后来才知道，那是人家狗狗之间的一种亲昵方式。

两只狗越长越像，背上的毛都蜷着，像一条大辫子。只是，欢欢文文静静，小白不安分的性格却越来越昭然若揭。

果然，欢欢平安无事，小白的肚子却大了起来，几乎垂到地上。这是天天在外面窜的后果。

"长颈鹿"有些沮丧，他天生爱狗，却没有做好为狗妈妈服务的思想准备。他为此愁得牙疼了几天，在小白临产之前，干脆将它送到一位开饭店的老乡那里去了。

三、不负责任的母亲

小白再次被领回来时，已经成了妈妈，"长颈鹿"怀抱的纸盒里盛着五只肉滚滚的小崽子，你挨我靠，在彼此身上拱来拱去，哼哼唧唧地寻找着吃的。我一见小白吓了一跳，小崽子们肥成这样，它却瘦得脱了形，双目透出悲光来，不知它在那位老乡家经历了什么。

五只小崽子的爹据说是只黑狗，"长颈鹿"对此耿耿于怀，嫌那条黑狗长得又老又丑，邋邋遢遢像个丐帮帮主，不知小白怎么看上它的！

回家没几天，小白不安分的老毛病便旧态复萌。它对子女们感情寡淡，经常扔下一窝嗷嗷待哺的崽子不管，跑到外面跟老黑相会，甚至夜不归宿。有时还去四楼，因为四楼有两条闲得无聊的狗。

"长颈鹿"出去找它，它就很激动，呼哧呼哧地用嘴直拱他的裤腿，像见了亲人。

小狗们长得飞快，被风吹着长似的，将家里折腾得乱糟糟的，大部分空间都被它们占据了，人成了配角，它们吃喝拉撒睡，肆无忌惮。跑起来时，像一只只圆球，只见屁股，不见腿。早上起来，只留下屎尿遍地，狗毛飞舞。

"长颈鹿"见我大怒，忙将小狗崽子们一一捉到纸盒子里抱走。

从此，"长颈鹿"每日早出晚归，辛辛苦苦抱着一只纸盒去公司上班，纸盒里盛了五只呆若木鸡的小崽子，后面跟着它们趾高气扬的老妈小白。

这天回来，我发现纸盒里少了一只，原来让人给挑走了。我问"长颈鹿"：小白让吗，少了一只它没呜呜哭着找吗？

"长颈鹿"说：嗨，没有，它不识数，少了它也不知道。

听说，抱走小狗的人还怕小白看见，偷偷揣在怀里，鬼鬼祟祟地往外走。小白竟然没察觉，走时还摇头摆尾去送客，回来扒着纸盒，看它的孩子还在，也就放心了。

有没有一种可能，小白去送那人，是因为它怀疑那人偷了它的孩子？但一想也不对，如果怀疑的话就应该追着愤怒地讨要才对啊！

看来狗就是狗，再精也精不过人。

就这样，五只小狗渐渐只剩了三只，小白竟然还跟没事一样。"长颈鹿"逗它，故意把脚伸进纸盒里，小白以为他要伤害它的孩子，忙用爪子按住"长颈鹿"的脚，用大眼睛紧张地瞪着他。

纸盒内的小狗们开始吱吱叫唤，吵着闹着要出来。最大的那只本事最大，它站起来时下巴能勾着纸盒的沿了。它最能吃，一得空就往小白肚皮底下钻，用嘴叼住"纽扣"就不撒口，小白大概被它嗑得难受，想跑开，它却死活不放，被小白拖拖拉拉地带出去好远。另外两只小的身子轻，也叼住了就不撒口，吊在小白肚皮上荡来荡去。

小白挣脱不过，也只好认命了，躺倒在地，让它们吭哧吭哧地吃个不休。小白瘦得就剩一把骨头了，有多少营养也经不住几张嘴吃啊。

小白烦了，用爪子拍门，要求出去溜一圈。门一打开，它就"嗖"

地蹿出去了，将自己的孩子们抛到了脑后。

四、包子弟

人说十个手指咬哪个都疼，但小白偏心，只和它的胖儿子玩，对其它两只崽子爱理不理。两只崽崽长得一模一样，毛是白的，眼睛却像熊猫，黑得连眼珠都看不见，天天呆若木鸡。那个胖子跑起来却像只球滚来滚去，所以我给它取名叫溜溜球，"长颈鹿"则叫它包子弟。

包子弟还跑不稳，趔趔趄趄的。小白尽管最偏心包子，但娘俩儿玩着玩着就会吵起来，不知咋回事。"长颈鹿"说那是小白在教儿子本事呢，看，一招一式，闪躲腾挪都是有讲究的，只是包子年轻气盛，可能不太服气。娘俩儿吵架的样子很夸张，都弓着背，朝着对方呲牙咧嘴。

包子越长越有小白年轻时候的神韵，只是那眉毛长得怪异，长长地垂下来挡着眼睛，使它看上去憨憨的，挺呆萌。

应该承认，包子弟与它那不安分的妈妈反差很大：小白桀骜不驯，追求个性，还有点儿贱，包子则性情温顺。看你要照相了，包子弟会主动配合镜头；你要拿着它的前爪，它会将头朝你歪过来；它想上沙发，上不去，急得这儿挠挠那儿挠挠，最后会跑过来仰头抱着人的腿撒娇。平时，它会将身子一缩，拱进人怀里，或者在人身边依偎着，那份对人毫无保留的信任和依赖，叫人心里暖暖的。

"长颈鹿"经常将包子弟洗得雪白雪白的，用吹风机烘干了，抱到沙发上教它学敬礼。包子弟舒舒服服地躺在他怀里，蓬蓬松松柔柔软软，像只漂亮的狐狸，俊美极了。别看它跑起来像只球在滚，趴下时却很秀气。

包子弟在人吃东西时，很专注地盯着看，人家用筷子夹菜，它也张开嘴吧嗒着。这天我喂了它一些蘑菇，它用小牙齿咯吱咯吱嚼得香极了。你给它，它就吃；不给，它也不抢，很文明。

无论从哪点看，包子弟都深得我心，比白领强多了。

这天晚上，"长颈鹿"欲下楼，包子弟也跟了出去。"长颈鹿"下了几级台阶，回身招呼它下来。包子弟不敢动，趴在台阶上犹犹豫豫。"长颈鹿"只好上来，抓住它往下拽，包子弟死活不肯。

"长颈鹿"在下面苦口婆心地诱导包子弟，教它一级一级往下迈，到最后两节时，它自己滚下去了，我从上面往下看，见它屁股朝了天。

包子弟下台阶时胆小，上台阶时胆儿却肥了。头一昂一昂的，一蹦一跳地就上来了，脖子上的小铃铛叮当作响。

因为狗儿们的存在，每天早晨醒来屋里总弥漫着某种可疑的味儿，阳台上更是屎山尿海，惹得我经常发牢骚，但我也明白：你养人家就得付出代价。

"长颈鹿"说包子弟有点愚，只有一个吃心眼儿。其实包子才不愚呢。养了这么多狗，我只给包子洗过澡。用吹风机呼呼地吹时，它吓得趴下了，下巴放在前爪上，微微地发着抖。

那对"熊猫兄弟"也被人抱走了，从此下落不明，天各一方。即使想念，小白也说不出话。做一条狗，终究不如做一个人来得痛快。小白的孩子就剩下了一个包子，也许这就是天意。在包子弟身上，小白还是母性四溢的。

"长颈鹿"跟小白恶作剧，将包子弟扣在脸盆里，然后坐在对面的店里看小白如何救儿子。只见小白忙不迭地用爪子扒拉着盆，扒拉不开，又用鼻子拱，直将盆拱到一辆三轮车底下，再也没招儿了。小白着了急，颠儿颠儿地到处跑着求人。正巧一个女孩走过，小白就凑上去，瞅着人家的脸呜呜叫，可怜巴巴的。那女孩不解其意，小白急了，用爪子去挠人家的腿，引着女孩往三轮车方向走，终于在她的帮助下救出了包子。

可惜，母子情也改变不了小白对爱情的向往，它常常跑得无影无踪，抛下包子和主人大眼瞪小眼，包子弟那一撮长眉毛低垂着遮住眼睛，显得很无奈。

小白到处流窜，经常惹是生非，有一次让人家找上门来，差点吓着孩子。"长颈鹿"是个安分守己的人，看不惯小白的作为，气愤地说：小白咋这么混账呢，看人家欢欢，至今是个老姑娘，不招狗，也不生小狗，多省心！

"长颈鹿"为给小白立规矩，将它带出去一顿胖揍，仍不解恨，又去摸棍子，吓得小白浑身哆嗦，躺在地上四蹄朝天，躲避着即将落下来的棍棒。"长颈鹿"不忍再下手，便将它放了。

谁知，小白竟为此愤而离家出走，中途回来一趟，瞄一眼它留下的唯一一个儿子包子弟，然后又走了。"长颈鹿"气急败坏，咬牙切齿地说：它要是回来，我非用拖把将它的腿敲断不可！

五、过年综合症

春节到了，"长颈鹿"开车拉我们回老家过年，小白和包子弟自然也要跟着跋山涉水。路上，小白晕车，吐得一塌糊涂，那目露悲光的样子让人不忍。包子弟不谙世事，蹲在车玻璃前看着路上的风景，冲它妈妈炫耀似的汪汪叫着。它的声音，已经像个半大狗的声音了。

老家的房屋被拆得七零八落，在断壁残垣中兀立着，好像随时会在寒风中歪倒。它承载了我们十数年的市井生活。这里曾是市中心的黄金区域，六月，粉红色的绒花开满街巷，我们养的那条狗布拾，就是在这里养大，也是在这里丢失的。

每次回老家过年，想起前尘旧事，心情就会有些感伤，"长颈鹿"说这是"过年综合症"。大年夜，点蜡烛、放鞭炮、供心香，都驱散不了内心淡淡的凄凉。幸亏有小白和包子弟跑老跑去地渲染着气氛，这个平常无人居住的家才有了生气。

本来还担心两只狗狗在北京住惯了楼房，会不习惯这寒窑，看着娘俩儿欢天喜地的样子，说不出的感动。吃饭时，两个家伙在旁边摇头摆尾，为一片肉你争我抢，令人忍俊不禁。吃完饭，包子弟趴在茶几上呼呼睡去，小白则在茶几下面闭目养神。

"长颈鹿"说那是它们的楼房，一个住一楼，一个住地下室。

放鞭炮的时候，包子弟木木地没有多大反应，小白却吓得上蹿下跳，完全忘记了自己有多狂。不过它在北京，也的确没见过这阵势。夜里，两条狗都不肯睡在外面的狗窝里，不停地用爪子拍门，只好将它们放进屋来。它们围在炉火旁烤了一会儿，瞪着眼睛不时倾听一下外面的情况，然后趴在我们的鞋边呼呼睡去。

在故乡的几天，小白懂事了很多。做错了事，呵斥几句它就停下了，而包子弟却充耳不闻。

正月初八，去高密和莫言家的老兄见面，回来才知道我们的包子弟丢了。我像掉了魂一样，在冰天雪地的夜里打着手电筒到处寻找，废墟里一有风吹草动就误以为是包子。找到半夜，一无所获。"长颈鹿"嘴上说：丢了就丢了吧，但他其实比谁都急，调出监控一遍遍查看，发现包子在一片废墟上蹦跳一番后，就消失在乱石堆后面了！

丢了孩子，小白也显得焉头耷脑的没精神。

没想到第三天，包子竟然自己回来了，浑身脏兮兮的，狼狈不堪。小白一见儿子回来了，忙跑上去迎接，谁知包子弟却很不耐烦，越过它妈妈冲着盆中的饭菜就去了，边吧嗒吧嗒地吃，边抽抽噎噎地哭。

包子的失而复得使我和"长颈鹿"大为振奋，它又可以在我们身边摇头摆尾了！

六、小白的结局

返回北京时，小白又开始晕车，还没等上高速就已经吐得一塌糊涂，两条腿站立不住，只好趴在车上，下巴上挂着涎水，两眼含着泪。我也晕过车，知道那滋味，体谅它跟着我们长途旅行的不易。

"长颈鹿"特地在一个镇上停下，让小白下车喘口气。谁知它一下车就精神了，像支箭一样射了出去，两只耳朵支棱着，要多疯狂有多疯狂。很快就有几条狗跟在它后面，前呼后拥地朝北疯窜去了。我在后面千呼万唤，它理都不理。

我恨恨地对"长颈鹿"说：这次不管它了，咱走。"长颈鹿"说：放心吧，咱有招儿。说着，他发动了车并按了几下喇叭，就见小白从远处飞跑过来，"嗖"地跳上了车。

回到北京后，小白又恢复了往日的生活，还时不时地外出游荡。我隐隐有些担心，有一天它会像布拾那样一去不归。

果然，在一个阴雨天，小白跑出去后就再也没有回来，"长颈鹿"连续找了三天，便知道没有指望了。他沮丧地说：为什么我们养的狗总是丢呢？是我们天生养不住狗，还是天生丢狗的命？但愿小白是被人抱去了，不是被车撞了，不是被狗贩子偷了……

他说，以后再也不养狗了，养一次伤心一次！

七、没有结束的结束

可怜乖巧呆萌的包子弟，成了没娘的孩子。它蔫蔫地不吃不喝，还吐酸水，老刘过来说包子弟可能套肠了，如果不处理会有危险。他抱住包子弟的头，让"长颈鹿"拉住它的屁股，两人合力将它拽了拽，押了押。包子弟下了地，便马上活蹦乱跳了。

包子弟逐渐长大了，就基本住在公司不回家了。

包子弟贪吃贪睡，天天在江湖滚得脏兮兮的。小时候循规蹈矩，谁知长大后也像他妈小白那样不安分起来，经常跑出去挂着伤灰溜溜地回来。"长颈鹿"威胁说："是不是想尝尝皮鞋揍肉的滋味儿？"谁知却遭到了包子弟的尖声反抗，"长颈鹿"抬着脚很尴尬，不知该落下来好，还是收回去好。

包子弟躲到一边睡大觉去了，还给了"长颈鹿"一个大大的白眼。

如此几番后，"长颈鹿"彻底绝了望，没办法，狗也得有爱情。他心灰意冷，宣布自己的养狗实践失败。

我劝"长颈鹿"沉住气，别窝火，也不能打狗，否则它就会记仇。再说，没妈的孩子，多可怜啊。"长颈鹿"听了，也就消了气，说："那倒也是，包子弟也到了该娶媳妇的年龄了。"

这天，老刘夫妇在市场卖菜，欢欢却不见了。原来，欢欢来看它的外甥包子弟了。这位嫁不出去的老姑娘一直待字闺中，守身如玉，还挺有心呢。

欢欢来到店门口，矜持地用爪子拍门，拍几下停一停。"长颈鹿"说一声欢欢来了啊，便忙将门敞开，让欢欢带着包子弟出来逛一逛。

包子弟和欢欢玩累了，就趴在阳光下晒太阳，看上去很温馨。

此后，欢欢时常跑来串个门，相比于小白，欢欢真是太有人情味了。

人和狗，就这么相依为命地生活着。有关狗的故事，还在继续；而有关人的故事，当然也不会止息。

很久不见包子弟，我去店里看它时，它已经不认识我了，但听到我喊，它还是跑过来跟我亲热了一番。我摸着它的头，说：包子弟，憨即是福，祝你好狗一生平安！

第二辑

笑口常开

序爷轶事

序爷，北京某学院教授，一位集戏剧、曲艺、音乐剧、传统文化于一身的重量级段子手，一开口就闻到京味文化的味道。他说，他是在错误的位置上做着错误的事。

他来给我们授课，挂着拐棍大摇大摆上台来，身着肥大的唐装，耳朵上戴着一只妖冶的耳环，范儿十足，又透出那么一股唯我独尊的劲儿，后面毕恭毕敬跟着俩风姿飘逸的小徒弟。目测他的腰围和那摇摇欲坠的大肚子，至少得俩人才能搂得过来。

序爷在台前站定，两位小徒弟垂手候在一边。他要求同学们一起喊："老西好！"喊成了"老师好"，不成，必须像小学生那样喊"老西好"才成。他不让喊"老师"，说等他百年之后方可那么哭一声，然后捋着胸脯长吁一口气，说："好嘛，您可终于走了！"

序爷从汉字的结构讲起，绘声绘色地引申出传统文化话题，犹如大江开闸，滔滔直下，左右逢源。看来，人家那个夸张的大肚子盛着的可是货真价实的学问，不是草料，便是仓颉再世，听了也会目瞪口呆的。

序爷谈兴正浓，班宠圆圆抱着杯子欲出门倒水，序爷瞪着铜铃大眼，用尽洪荒之力大喝一声："哪里去？"圆圆吓傻了，悻悻地抱着杯子又坐回来，还没坐稳，序爷又喊了："不就是倒杯水喝吗？还不快去！"

随后，序爷让学生表演"坐椅子"，动作不能重复，看着大家愁眉苦脸的样子，他得意洋洋地捋着稀疏的胡子说："谁输了，背我绕学院跑一圈！"望着他那肥硕的腰身，大家不由倒吸一口凉气，不知小蚂蚁背一头大象会是啥后果。

两轮下来，有六七个同学表演失败，序爷心慈手软，不忍用太损的招儿惩罚他们，让他们手挽手冲大家三举躬，说两句自损的话。坐着的学员们一个个勉强笑着，有开追悼会接受祭拜的感觉。

为训练编故事能力，序爷又出题让大家做小品，三人一组，三十人分为十组，轮番上阵。可惜大家多是编剧出身，并不擅长表演，自然演得千奇百怪，笑料百出。费了九牛二虎之力，连吃奶的劲儿也使上了，却只有两组勉强过关。序爷急了，大吼一声："你们按人类的思维调整一下，再来！"

结果，有个组表演再次失败，等待他们的是更加放肆的笑声，有同学笑得捶胸顿足，有同学笑得趴在了桌子上。这下，序爷也没招儿了，只好给这仨活宝作揖道："您几个出去吧，求您了！施主慢走！"

目送他们出门，序爷把袖子一挽，说："我丝毫没有幸灾乐祸的意思，我比幸灾落祸还开心呢！"不多会儿，序爷就又打发小徒弟去喊他们，徒弟也是深得师父精髓，一出教室门便喊："角儿，角儿回来吧！"

为了让大家领略传统戏曲的魅力，序爷也是豁上了，撸撸袖子，翘着粗粗的兰花指给大家唱了几段地方戏，神气活现，绘声绘色。尤其是用京片子的嘴唱山东版的《梁祝》，满口土得掉渣的煎饼卷大葱味儿。"梁山伯啊那个梁山伯啊"，腔调直不拉碴，把大家差点笑岔了气。

学生们得寸进尺，让序爷唱一段乞丐的戏，序爷择两把嗓子就要开腔，突然想起什么，在身上摸了两把，说："不成，没带道具。我也不知今儿得上台要饭啊！"轰然一片笑声，有人笑出了花哨来，序爷不乐意了，把大眼一瞪："不许抢我戏！"

序爷正讲得起劲，有学生小声嘟哝："靠！"序爷警觉起来，问："咋？"学生回答："没事，正抢微信红包呢！"序爷忙说："那你们赶紧抢赶紧抢！"学生答："抢完了，没抢着！"序爷说："那就再发一个！"

快要结课时，序爷善解人意地留出时间让大家提问，有同学问序爷最擅长的绝活是什么。

序爷不假思索地回答：睡觉！

编剧班结业后，没再见到序爷，但有关他的传说一直不断。据说，因为看不惯寺庙里的师父大肆敛财，他十分愤怒，抢起拐棍追着人撕打，事后还委屈地说：我不知道世界已经堕落成这个样子了，哪能让邪压住了正呢？

我们没想到牛气冲天的序爷竟然这么纯真，对这类事我们已经见怪不怪了，而平日妙语连珠的序爷竟还肯为此动粗。

据说，当年的序爷并不肥硕，而是一位拥有盛世美颜的帅哥，以唱旦角闻名，风姿卓越，千娇百媚。陈凯歌筹拍《霸王别姬》时，他也曾是"虞姬"的候选人之一，是一场车祸，让他失去了所有，包括爱人，包括身段容貌，还让他年纪轻轻挂上了拐棍。以序爷现在的体重，要登台演出恐怕难于上青天。

这天，同学薇薇发来一个视频：急促的鼓声中，身着古装的序爷持枪上台，辗转腾挪，挥洒自如，动作之轻盈之潇洒令人眼花缭乱，瞠目结舌。那一刻，他仿佛摆脱了体重的羁绊，只剩下灵魂在舞台上旋舞飞升，身轻如燕。

谁也不知他是如何做到的，他完成这套动作需要付出多少代价。

我不由得鼻头发酸，薇薇说，那一刻她坐在台下看着，也流泪了……

漫画超侠

　　超侠生得浓眉大眼、身材魁梧，双腿修长且比例匀称，若用正常眼光看，算得上英俊。但他又像一个不知从哪个星球蹦下来、戴着眼罩拿着木剑试图拯救世界的漫画大侠，所以你若以正常眼光看他，怕是根本无法解读他。

　　超侠最闪光的部分，是肩膀上雄起起顶着的那颗大光头，走夜路不需要路灯。不但照亮自己，还照亮他人。另外，滑稽夸张的表情和无厘头的动作，也是他的标配。

　　超侠说起来是个名人，是孩子们眼里顶呱呱的超人和大侠。他是个集科幻、冒险、悬疑、童话等于一身的童书作家，累计创作超过千万字。

　　超侠看起来很彪悍，走起路来将地跺得咚咚作响，但说话做事总让人担心不那么靠谱。他喜欢开玩笑、恶作剧，据说曾经连自行车都倒着骑——这奇观咱没见，但他那些无厘头的事儿见多了。

　　与超侠成为编剧导演研修班的同学，实属一场意外，且是一场既让人笑破肚皮又让人冷汗直流的意外。上课时，他经常会没头没脑冒出几句话，叫人丈二和尚摸不着头脑。

第一次见识超侠，是在京师大厦二楼餐厅，编剧导演研修班的第一顿集体晚餐。有中餐、有西餐，自选。大家都刚认识，彼此连名字都喊不出来，坐在桌旁一人占一个边，忸忸怩怩的，想方设法地跟对方搭几句话，客气得连自己都觉得不好意思。

然而，中间桌上的两个活宝却如鱼得水、游刃有余，一边大吃大喝，一边神吹胡侃，充分发挥了嘴巴的双向功能，将这顿饭吃成了活色生香的相声段子。不知道的人，还以为他俩是多年不见的老友呢，其实几分钟前刚坐到一张桌子旁，就马上热乎得像从一个被窝爬出来的亲兄弟了。

这两个活宝一个头顶扎一根弯弯曲曲的小辫儿，一个手上戴着颇具山寨色彩的大串珠，一个捧哏，一个逗哏，有来有往，嘴皮子上下翻飞，妙词佳句一个劲儿往外蹦，将大家的笑声一串串往外拽，根本停不下来。同学们被他俩吸引，也都渐渐放下拘谨，围绕了过来。

菜太油，我吃不了，掰块馒头正往菜汤里放，扎小辫的回头看见了，喊一声：大姐呀，您何必这么过日子呢，守着一大桌子菜您用菜汤蘸馒头吃，您寒碜不寒碜啊？赶紧过来，咱们一起热闹热闹！

就这么着，晚宴变成了喜剧表演会，一个小高潮接着一个小高潮，僵硬的气氛就这么被这俩活宝给盘活了。

若问这俩活宝的名字，扎小辫的是北京市曲剧团的编剧满意，戴大串珠的便是本文的主人公超侠。满意操着一口京片子学说天津话，还翘着粗粗的兰花指唱了几段戏曲，惟妙惟肖、活龙活现。超侠没什么才艺表演，却能逗着满意一段段表演下去。

这哥俩，看来还挺投缘。

不过，越接触下去，就发现两个人差距大了去了。满意是老北京人，回族，有北京人的仗义、爽快和好口才，且是真有才。但他平常话并不多，多数时间都是皱着眉头在听，看上去颇有着愤青式的深沉，冷不丁的冒出句话来，要么倍儿有见地，要么噎死你，不掖着不藏着，光明磊落，直来直去，句句有理有据，不怕得罪你。

超侠呢，童心未泯，"正常"的时候似乎不多。比如，他喜欢照相，但即使面对镜头也几乎没有一刻是安分的，不是翻白眼、吐舌头、扮吊死鬼相，就是离地三尺蹦个高，让人拍他大鹏展翅、张牙舞爪的雄姿。

跟授课老师合影，超侠也不肯装乖一会儿，不是在老师头顶伸出两只剪刀手，就是劈开大胯做表忠心状，或者挎老师胳膊做出小鸟依人状。可惜他一米八几的庞大身躯，傍着小个头的老师，看上去有点像老鹰捉小鸡，或者干脆就是绑架。

超侠扮鬼脸，有数不清的奇招和方式，令人眼花缭乱。他好像从不担心老师的尊严会受损，或者老师会对他冷眼相向。而刚才还一本正经的老师，竟然也被他逗得笑逐颜开，一边配合他做着搞笑的动作，一边忍俊不禁。大概平时太累，难得这么放松一回。再严肃的场合，经超侠这一闹腾也绷不住了，变得有声有色起来。

超侠爱说，童言无忌，用我们老家话说就是爱说"冒话"。我们最担心的事，就是超侠在课堂上的提问，那叫一个惊心动魄！因为他常常提些跟课堂内容无关的问题，无厘头的问题，甚至令老师尴尬的问题，引得笑声一片。

班主任尹教授规定每个人的提问时间不准超过五分钟，超侠照旧一个人站在那里，笑眯眯地自顾自地说，滔滔不绝。幸亏授课老师见多识广，沉着老练，每次都能巧妙作答，化险为夷，我们也在下面悄悄擦把冷汗，恨不得用食指剁着超侠的光脑门数落一番："你这个说话无深无浅让人操心的东西，就不能少说两句吗？嗨，拿啥拯救你这聪明得不长毛的脑袋呢？"

超侠那些令人心有余悸的逸闻趣事，多了去了，哪里有他哪里就热闹，但同时似乎应验了那句叫人绝望的话：男人只会变老，不会长大。

作协安排几位儿童文学作家去西藏授课，超侠当然少不了。据说他到了拉萨，全无高原反应，健步如飞，蹦蹦跳跳倍儿精神。当然，脚踏雪域高原，他的搞怪玩闹本事更是发挥到了极致。拍照，他依旧没有一张是安静的，全都是离地几尺张牙舞爪飞起的那种，有时拍巧了，就见一根粗棍子戳在他屁股底下，直让人疑惑他是怎么坐上去的。

搞儿童文学的人大都很简单，碰上超侠这种低幼儿童，同行的几个人立马扮演起了保护者的角色，为这个天天晕头转向的超侠操碎了心。

据说有一次，他竟然跑到寺庙，去师父的锅里捞起肉就吃（藏传佛教不拒绝吃肉），一边吃还一边用含混不清的语言连连夸好，这可把同行的安兴、环环等人给吓坏了。这毕竟是在寺庙里啊，藏族人将师父视为神一样，岂容超侠这等狂野之人在此肆无忌惮？没想到师父真是慈悲，不但没生气，还笑眯眯地招呼其他人来吃，环环没扛住，也上去捞了块肉吃起来，算是晚节不保了。

还有一次，超侠夸张地模仿藏族兄弟磕长头的样子，还无意中说了一句对神灵不太恭敬的话，这可惹恼了当地一位老太太，上来就要理论，幸亏环环发挥她的三寸不烂之舌，替超侠解了围。当地人误以为环环是超侠的老婆，环环事后说：嘿，我要是真是他老婆，才不管他呢，让那老太太扇他一大嘴巴去，再让你瞎说，嘻嘻！

超侠说要带环环去仓央嘉措曾经约会过的一家咖啡屋看看，环环挺高兴，蛮以为超侠会请她喝杯咖啡，谁知超侠带她进去参观了一圈，就快步走了出来。环环追出来，数落他太抠门了，超侠笑嘻嘻地说："我说过，我就是带你看看嘛！"

不过，不管大家如何调侃埋怨超侠，却又喜欢跟他在一道儿，他是大家的开心果。据说，超侠曾经参加过征婚节目，女嘉宾们刚开始还挺看好他，后来却因为他的"幼稚"陆续灭了灯。这不免有些令人沮丧，但超侠可能就是因为好奇跑去搞笑的吧。

而真实的超侠，难道真是我们看到的样子吗？

环环眉飞色舞地说："超侠可会过日子了，皮箱里的衣服都叠得板板整整的。别看他五大三粗的，心思可细腻着呢，看见喜欢的佛珠饰品，他会精心挑选了，找师父给开了光，揣回来送朋友。就凭这一点，就值得朝他竖大拇指。"

超侠在拉萨给孩子们讲课时，据说也是讲得呕心沥血，累得快讲不出来了。临别时，孩子们簇拥着他们的超侠叔叔，不舍得他走。

据说，钢铁侠、蝙蝠侠、蜘蛛侠，这些超侠统统不放在眼里，他立志要做一个拥有超能力并超越一切的"超侠"。

回头看超侠写的东西，果真天马行空。他还不到四十岁，已经出了几十本书了。天知道他怎么写了这么多东西！超侠非常勤奋，不舍得浪费时间，在大家睡觉的时候，他经常苦思冥想，等大家睡醒，他一首诗就写出来了。

记得在北师大学习时，我们在洗手间门口碰见超侠，调侃他为啥去方便还背着双肩包。后来才弄清，那不是双肩包，是马甲，口袋里装满了学习用具，以便随时都能掏出来写东西，这就是超侠高产的原因吧。

看来，我们都让超侠的多动外表给骗了，他真不是那种屁股上挂辣椒——坐不住的浮躁家伙。他不但能坐得住，还有把牢底坐穿的定力。他在写作时乐在其中，而不是把它当成苦力活。

我这才知道，超侠是何等"可怕"的人物。

这天，去西藏的一般人马凑一道儿吃饭，我也去凑数。超侠迟到了，满桌子的人一起将注意力投向了他，向他开炮，超侠应付自如，口中吃喝不断，自罚两杯的同时伴随着乐呵呵的笑声，既洒脱，又叫人无法下口责备。

从那笑声中，我突然意识到超侠并非一个幼稚不靠谱的人，相反，他是个内心严谨且很有自知之明的人。他看似口无遮拦、混沌未开，其实心里明镜似的。他用看似顽童的方式，自由地活在自己的世界之中，却成功地活出了自我。

这时，我突然想起莫言老师给他的题字：超凡之人，谓之侠也。方觉得用在超侠身上，简直是神来之笔，不由人拍案叫绝！

学车前记

借着那天被出租车司机撵下车的愤怒，我磨刀霍霍地要正式进驾校学车了。我打电话找石头，慷慨激昂一番，什么大势所趋呀，势在必行啦，其实是为了找个和自己一样笨的伴儿罢了！

石头上了当，说：成，难得有这个机会跟姐一起学习。

其实，下决心进驾校之前，我早已经私下里拜过了师，跟方向盘握过几次手，次次将师傅气得七窍生烟。那次，在老家的场院里，师傅坐在一边粗暴地指挥着，吓得我手忙脚乱。他让我踩刹车，我一脚踩到油门上，朝着草垛就窜过去了，只见鸡飞狗跳、群雀乱飞，我眼前一黑，顿时天昏地暗。

不知是怎么从草垛里钻出来的了，只记得那辆桑塔纳车上落满了麦秸和稻草，我心有余悸，也不知压死了老母鸡没有。要是人家正忙着生蛋，或者正在捉虫子喂孩子，那我的罪过就大了去了。

我战战兢兢地往旁边一瞥，只见师傅眼里冒着火，几乎要将草垛点燃了，我只得弃车而逃。身后传来唾骂声："要是你这么笨的人去驾校学车，早就被教练一脚踹下去了！"恨铁不成钢的口气令我绝望，不但跟骂人的人结了怨，连未见面的驾校老师也被我恨了。

去了趟南方回来后，我手又痒了，眼看着朋友们一个个将方向盘驾驭得服服帖帖,在故乡的大道上飞奔,我跃跃欲试,几乎要往手心里吐唾沫以示我的决心了。

过去的师傅自然是不能再找了,鄙人的自尊心强着呢。于是东寻西觅,又拜了位脾气好的师傅,不指望他能将我教会,只希望他在我撞草垛时能温和地对我笑一笑。

新拜的师傅脾气果真好,有几次车都快被我折磨得发疯了,他还是好言好语,声色不动。跟着他第一次上车,我就顺利地起了步,他一夸赞,我的信心就增加一分。对面来车了,我又心虚起来,他打气说:"开,你就只管往前开!放心吧,人家一看你是新手,不用你躲人家,人家就自动躲你了!"

听他这么一说,我立时理直气壮起来,觉得学车的人个个是皇帝,谁也惹不起。这位师傅没教会我别的,就是给了我胆儿,让我目空一切,趾高气扬。只可惜我不够争气,眼高手低。走了不多远,我又疑神疑鬼起来,怕对面来的车越过了那两道白线,跑过来撞我。

好脾气的师傅解释说:"不要紧,这两条线就是两堵墙,谁也不敢越过,越过了就是违法,出了事要服全部责任!"我眼前豁然开朗:学车真好,处处可以享受贵宾般的优待!

但是,好脾气的师傅也终于被我气疯了!那天,我央求师傅再带我去宽阔大路上遛遛,他刚吃完饭,虽然不太情愿,却也不好拒绝——谁让他脾气好呢。

天上下着针尖小雨,路上人烟稀少,我的胆子就大了起来。一到驾驶座上,我就忙活起来。人小,胳膊腿都不够长,只得往前调座位,一切准备停当了,我却不知所措起来,连续试了大概有十次,也没能将车发动起来,次次不等起步就熄火了!

师傅的脸就像他那辆破车，越憋越青，终于成了猪肝色，他压低声音说："你把鞋扒了好不好，哪有穿着高跟鞋学车的？"我只得忍气吞声地将鞋子扒了，吃力地去踩离合和油门。脚底下冰凉冰凉，如我的心。

费了九牛二虎之力，车还是大喘气，不起步。好脾气的师傅终于忍无可忍，他粗脖子上的大脑袋好像被压得扛不动了，气喘吁吁地说："哎呀，哎呀，还有这么笨的，真是没见过！走啊，回家去啊，不教了！"

我请求再试一次，他沉着脸无声默许，我大刀阔斧地踩离合、挂档、发动、踩油门，车子还是稳如泰山。他愈发愤怒，挥舞着手臂前言不搭后语地狂吠着："走啊，走啊，回家去啊，没见过这么笨的！"

我不甘心，问他，我真的是他的徒弟中最笨的吗？他怒气冲冲地说："我哪还有其他徒弟，只你一个就够气死我几回了！"

我彻底地绝望了，我从来没有如此成功地将一个人气成这样过！

车学不成，出门还得打的。那天去河西，碰到了一个缺德鬼。我们刚坐上车，那司机一听要去的地方就说："不去，不去，那里正修路，不好走，你下去吧！"我忍着怒气解释说：我去的地方不修路，很好走，他不耐烦地说："下去吧，别耽误我的工夫！"我不愿再卑躬屈膝地求他，就忍辱下了车。没等我看清他的车牌号，车就潇洒地扭了一下屁股，在下班的人流里消失了，连举报的机会都不给我。

站在车来人往的大街上，我像一个被遗弃的孩子，感到异常的屈辱和羞愤。这车，是非学不可了！

我决定光明正大地到驾校去学车，尽管被几位师傅打击得失去了自信，但一想起石头这个人来，底气就又来了。大家都说我笨，殊不知石头也聪明不到哪里去。我相信只要有他垫底，我还是不会拿到倒数第一的。他写诗还行，拜菩萨也比我虔诚，但若是动起机械，我们半斤八两。

石头与我相比，除了太憨之外，就是胆小。他说晚上加完班后，总是独自骑单车回开发区的家。我不相信他有那个胆儿。若是树上有鸟儿怪叫一声，他不吓得从车上摔下来才怪呢！

还有一桩馊事儿，可以证明石头胆小如鼠。其实，几年前我们就已经一起报了名学车，他却突然抽身而退。因为我们一起坐车去看个名胜古迹，司机恰好是一位新手，开着车在路上扭秧歌，谁见了谁躲，连停在菜地旁的自行车都被吓得歪倒了，坐在后座上的石头更是汗如雨下。回城后，这车他是死活不敢学了！那趟古迹之行，起码我还收获了一篇文章，而他，却生生地将学车的时间推迟了好几年。

此刻，听着电话里的石头又打算重整旗鼓、从头再来，我心花怒放，心想：终于找到垫底的了，嘿嘿，只要我学不会，你也甭想学会！

在北京，每天挤车都像一场战争。上班高峰时间挤地铁，那阵势只能用人山人海来形容：地铁入口处，工作人员用胸麦高声吆喝着，人流随着吆喝声像企鹅一样蹒跚蠕动，看上去既好笑，又让人想流泪，感觉那一刻尊严都没有了。

好歹挤上去，那个挤呀，四肢像被绳子捆着似的活动不得，每人头部以下的部位都看不到，恨不得将自己多余的胳膊卸去，省得它们占地方，想把手伸出来接个电话更不可能；脚呢，不是被踩就是踩了别人，恨不得金鸡独立，脚与脚之间若有第三者想"插足"是万万不能的！

若你个子小，脑袋就只能在别人腋窝底下老老实实呆着，想转一下脖子都难。

公交车也好不到哪里去，甚至更严重，每个站牌前都黑压压挤满了等车人，车一来就手脚并用你死我活地往上挤，人太多，有时挤三次也未必挤得上去。

每辆车都塞得满满的，像运罐头。市内几乎每条路上都堵得像便秘，车扭着秧歌三步两歇地大喘气，上面的人摇摇晃晃，几欲歪倒。

当然，也有"站"功好的，可以双手抱膀稳如泰山，或者戴着耳机听得怡然自得，那是常年挤车练就的好功夫，非一日之功，也非一般人可为。

我工作的单位在西四环和西五环之间，要先搭公交，再倒地铁，再倒公交，下车后还要步行 20 分钟。每天往返快要 4 个多小时，慢的话要 5 个小时。

生命哪禁得起这样浪费？每天将这么多时间抛掷在路上，比割我的肉还疼。所以，有一天我突发奇想，要开拓新的乘车路线。

在网上查来查去，终于找到一条线，要倒两次公交，按里程正常行驶的话，1 个半小时到家没问题——这样每天差不多省下 2 个小时，每个月最少省出 3 天，每年至少可以省出 1 个月呢！

这么一算，大喜，不由得赞叹自己聪明，这一招别人咋没想到呢？循规蹈矩走老路，浪费了时间也浑然不觉，多傻啊！看来人只要多动脑筋，就会有收获。

星期五下午，我急不可待地实践了一回。

头一段行程还好，因为在四环外，行进畅通，8 站只走了 18 分钟；

倒第二辆车时开始堵，同样 8 站路，走了 45 分钟；

倒最后一辆的时候，更惨，挤了 4 次才挤上去，人几乎挤成板砖了，手中的方便袋都没有放的地方，坐就连想甭想了，抻着脖子越过层层脑袋往窗外看，已是灯火阑珊，满眼是车头车屁股。

要是此时车跟一只蚂蚁或者蜗牛比赛的话，肯定只能拿亚军。

就这样，最后这段 20 分钟可以走完的路，因为堵车用了 83 分钟！

下了车再走回家，累得筋骨散架，头晕脑胀，像 83 岁的老太太一样步履蹒跚。5 点下班，到家差 3 分就 8 点了！

第二天上班，我心有不甘，又好了疮疤忘了痛，想再试一下——昨天走那么久，是堵车的原因，哪能老是堵呢？于是，怀着对北京交通无比的希望，我又开始重复昨天的故事。

一上车就发现不妙：这是启程的第二站，座位竟然全坐满了。下一站呼啦啦又上来一大群，黑鸦似的将车挤了个密不透风，人就像一捆捆麦子似的，随着车左摇右摆，抱怨尖叫声不绝。

本人虽然是北方人，却因长得小巧玲珑，很担心晃倒了被人家踩成肉饼，只好死抱住栏杆，以免悲剧发生。最后，在熬到头发快白了时，好歹熬到了一个座位，松口气抹了抹脸上的油汗赶紧坐上去，感觉有座位的旅途像个皇帝。

车堵得厉害，一时半煞甭想到站，干脆就牙疼似地托着脸佯睡，竟然真睡着了，梦见自己拿到了驾照，在高速路上呼呼跑得飞快，那叫一个惬意！

恍惚中听到售票员喊到站了，看来梦比现实要短！

下车时我发现今日又创造了奇迹：原本20分钟的路竟走了85分钟，比昨天还多了2分钟。更悲惨的是：站牌上竟没我要倒的车号，回程和来程路线不一样。

这可咋整呢？前不着村后不着店的，只好打滴滴，无人接单；厚着脸皮伸手拦出租，连续拦了好几辆，人家都熟视无睹地窜了过去。

没招儿，只好顺道前行，终于走到一个有人烟的地方，好歹打了辆车，将我一直送到了单位。

一看计程车费，一天的工资还不够呢，今天算是白忙活了．。

此时方知：如果没有更保险的方案，循规蹈矩走老路还是最稳妥的！

故园之恋

哑巴表哥

在姥姥家贴满旧报纸的小屋内，我扎两条细细的豆角辫坐在炕上，像只端坐的小青蛙。

哑巴表哥来了，大长脸，阔嘴巴。他朝我比比划划，模仿我抽抽噎噎哭鼻子的样子。他这一比划，屋里的人哈哈大笑，我却气急败坏地哇哇大哭起来，鼻涕一直流到下巴上。

这一哭，便很少有人能哄得住。

我小时候这么个熊德性，长得丑，还爱耍小性子，惹不起。不管谁一逗，我两只小眼一挤，眼泪就"吧嗒吧嗒"往下砸。因为爱哭，人送外号"西瓜子"，还有个更不雅的叫"尿罐眼"，意思是眼泪像尿一样源源不断，随哭随有。

那时候，母亲常常带我去住姥姥家——那座十公里外的古镇上。母亲清秀美丽，却不知怎么生出了我这个丑女儿。她耳朵上的银铃耳环摇摇晃晃，皮肤像景德镇的陶瓷一样白皙细腻。数十年过去，我似乎还能闻到她身上那种文弱清新的气息。

尽管在故乡的沙丘下，她那母性的身体，已经哺育了不知多少季生生不息的野花。

被千年银杏树覆盖的古镇，繁华富足，因名人辈出而历久弥香，又因诗书礼仪的传统衍生出许多奇异的人物和传说。于是，它便拥有了一个与它的小极不匹配的大名字——中国的佛罗伦萨。作为古镇源远流长的望族，我们王氏家族的发展演变已经被一些学者当做"王氏现象"来研究。

可惜，一代不如一代，作为王家的不肖子孙，如今没多大出息的我常年龟缩在北京，没有什么能拿得出手的业绩。

在姥姥家，我时常见到抄着手前来串门的哑巴表哥。他是母亲的堂侄，幼年丧母，无兄弟姊妹。他没娶上媳妇，当然也不可能有儿女，一生孤家寡人。他心灵手巧，会做饭，还能剪出精美绝伦的窗花，除了不会说话，他无论什么活计都干得漂亮。

表哥虽是哑巴，耳朵却很灵，并且很爱"说"，见人就哇哇呀呀地比划，握人家的手，拍人家的肩，亲热得不得了，不管人家是否愿意接受，也全然不管人家连连后退着唯恐躲避不及。

本家的老人们说：哑巴脾气倔强，一旦发作起来谁也哄不住，这令他们很头痛。人们都忘记了表哥有名字，提起他就说"哑巴"如何如何，天长日久，"哑巴"就成了表哥的名字。

我母亲很心疼表哥，看得出表哥也敬爱她，见了她就哇呀哇呀比划个不停，或诉苦，或告状。母亲心软，提起他来就抹泪，担心他的暴躁脾气会为他招灾惹祸。

据说有一次，表哥跟后娘生气，一怒之下，"嗷嗷"地将自己的白布褂子用大手撕成了布条条，而表哥的后娘——我那位大妗妗，说话温温柔柔的，看上去并不是不讲道理的人。

为此，母亲没少数落表哥，并为大妗妗开脱说情。表哥耷拉着头，一脸羞愧的样子。

我小时候刁钻任性，而表哥是治我的灵丹妙药。正哭着呢，只要有人喊一声"哑巴来了"，我立马就会抹干眼泪装好人儿；正欢天喜地呢，只要有人喊一声"哑巴来了"，立马我就苦着脸，将小眼睛一挤，抛出两串"西瓜子"来。

长大后，我就离开故乡，成了游子。母亲那纤弱的身躯，早已化成了故乡的一抔黄土，而那位哑巴表哥，也已经数十年音讯皆无，我甚至不知他如今是否还活在世上。适者生存的时代，大家都像蚂蚁一样忙忙碌碌，像狼和羊那样你死我活地求生存，疏远了故乡也忽略了亲人。

回故乡过年，发现浮躁不仅笼罩了城市，也蔓延到了村镇，连过年的气氛也几乎荡然无存了。踩高跷、唱大戏、说古书、弹弦子、说快板、扭秧歌……这些过年时的热闹景象已无影无踪。过去扶老携幼的拜年活动，现在只需一个电话或者一条短信就可以取代了。大年夜鞭炮声寥落，初一大早推门一看，地上没有多少喜气洋洋的鞭炮碎屑，街上也没有浩浩荡荡的拜年大军，冷清得像秋风扫落叶一样，令人惆怅。

初一一过，日子便像开闸的河水，拦也拦不住了。

正月初四，去看舅舅。舅舅已经满头白发，他眼没花，耳朵却有些背了。好在该听见的他都能听得见，不该听见的他全听不见，在人家长里短的时候，他只管抄着手打盹儿。我去的时候，他老人家正端坐在沙发上，安详地喝着茶，看上去非常淡定。

不过，表嫂悄悄告诉我："你舅舅知道你要来，一大早就起了，在屋里转来转去，起来坐下，坐下起来。"

我好不容易忍住了泪水。在老家的荒坡下，母亲能看见这一幕吗？我不知道。我看见一些熟悉的花儿还开在今天的窗台上，有些人已经老了，但花儿还是从前的样子。一些事物的变化，见证了岁月。

我向舅舅打听哑巴表哥，舅舅长叹一声，念着他的大名，告诉我他如今住在乡下的敬老院里，一个人孤苦伶仃，很少有人想起他，更很少有人去看望他。

我脱口而出：我去看看他！

这是我内心真实的声音，几十年来，这位表哥我始终未曾真正遗忘过。想忘也忘不了。我甚至无数次想象过与他在人群熙攘的大街上重逢。虽然在我童年的记忆里，他扮演的是一个"狼来了"的角色。

闻听我要去看哑巴表哥，屋里的几个年轻人都从手机上抬起头看我，神情有些怪异。也许，他们觉得我与表哥从血缘上来说已有些远，完全没有看的必要。而且，数十年未见，他未必还记得我；即使记得，也未必认出我。谁能透过童年认出他成年后的样子呢？

我知道即使我不去看他，也不会有人责备我，但倘若知道了他的现状却不去看他，我晚上会睡不着。无论如何我也要去，不管他记不记得我是谁。

挑了一个好日子，我带上侄儿侄女一起去。尽管侄女一路上嘟嘟哝哝：人家自己亲的近的还不去看呢，我们去看什么劲儿？但她总算没拒绝。总有一天她会明白：故乡不该是一个狭隘的概念，亲人也不仅仅就是血缘。人，都有老的那一天。

在敬老院那一排排简陋的平房前，坐满了晒太阳的孤独老人，他们一个个神态哑然而淡漠，半闭着眼睛，怀抱拐棍似睡非睡地打着盹。一位老人迎面走来，眼神犀利而表情木然。他戴着一项旧帽子，露出的鬓角已经斑白。

尽管数十年未见，我还是瞬间认出了他；尽管他的轮廓与五官几乎像换了个人，但人的眼神不会变。眼睛比嘴巴更会说话，因为它是一个人的灵魂。

那一瞬间恍惚如梦。

见我提着礼物走来，哑巴表哥忙躲到一边，在那些老人身后好奇地打量着我。

我上前招呼他，拍拍他的肩头，他马上反应过来是来看他的，尽管仍然认不出我是谁，他还是一脸惊喜地将我们带到他的小屋。

人们都说哑巴是世上最聪明的人，心灵手巧，记忆力惊人。我吃力地向他比划着，挖空心思地寻找着能唤醒他记忆的内容。终于，他认出了我，眼泡立马红了，大嘴巴几乎咧到了耳朵上，却哭不出声音。他用袖子不停地擦着眼泪，比画着我婴儿时母亲抱着我的样子；我童年时扎着豆角辫，拖着长鼻涕哭哭啼啼的样子；我跳皮筋时，小辫子一翘一翘英姿飒爽的样子……

抹干了眼泪，他就热切地向我们展示他整洁的床铺、热乎乎的暖气、大液晶电视，啥也不缺；又打开衣柜，展示他叠得板板正正的旧衣服，羽绒服和毛衣放一档、体恤衫和短裤放一档，春夏秋冬四季分明，其中不乏式样花哨的毛衣、衬衫，都是好心人捐助的。

最后，他郑重地向我们展示他藏在抽屉里的老年证，还有一把修剪花圃用的大剪刀。原来在敬老院，他还是园艺师呢。这两样东西，都是锁着的，看来在他心目中，这就是价值连城的宝贝了。

展示完了，表哥就小心翼翼地锁上了门，抚摸着我们给他带去的点心、香蕉、金桔和鲜奶，像抚摸着婴儿头发那样小心翼翼，喜不自禁。

突然，他又想起了什么，抬起脚让我看，原来他穿的北京老布鞋鞋底断裂了，他摇着手歪着嘴，呀呀地比划着，抱怨鞋子质量太差。侄儿侄女都笑了，抢着掏出钱来塞给他，让他买双新布鞋。

我很欣慰，说：你们有这个心意就够了，鞋子让我来买！

见我掏钱给他，哑巴表哥有些不好意思，推来推去谦让一番，便欢天喜地收下了，揣进口袋后又不放心地拍打了一下，像一个得了新年红包的孩子。

看他感恩戴德的样子，我的脸不由得红了。我们都不过是趁着年轻，来看望了一下年老的自己而已，凭什么领受这份诚惶诚恐？人们都把希望寄托于明天，但谁能保证，明天比今天更好？

告别表哥时，我握了一下他的手。这是我平生第一次（也许是最后一次）握他的手：粗糙、坚硬，仿佛一不小心就会像砂纸那样，把手划出一道口子。

表哥一生的沧桑，都在这双大手里了。手心里纵横交错的纹路，就像人九曲回肠的命运，谁也不能预知。

上了车，看见反光镜里，哑巴表哥跟在车后面慢慢走着，也不追赶，显得很淡定。也许他比任何人都明白，追上也没用，人世间终究不过是一场告别。

车驶出敬老院的大门时，最后回头望了一眼，见表哥已经回到了那些晒太阳的老人们中间，腰杆也挺直了，一脸令人心酸的自豪，那炫耀的表情分明在说：看，有人看我来了，谁来看你们呢？

那一瞬间，我的眼泪终于忍不住迸了出来。

树叶的颜色

　　一棵树的一生，缠满了年轮；一片树叶的一生，却只有几个季节。除却南方的树，很少有树叶能绿过冬天。

　　一棵树之所以美丽，往往不是因为它的枝干，而是因为它的叶子。或许是意识到生命短暂，每一片在枝头颤动的树叶都会极尽绚烂，一季有一季的颜色，一季有一季的风情。直到冬季来临，它们随着呼啸的西北风，去了谁也不知道的地方。

　　在树叶的一生中，到底变换了几种颜色？也许每分每秒都在变，只是没人注意而已。在我们眼中，它的变化都是被季节催着的。我们对一株植物的关注，大意到要用季节来计算。要是树叶能开口说话，千张嘴万张嘴，我们如何能说得过它们？

　　树叶在初春时节，是怯生生的翠绿，叶面上覆盖着一层绒毛，像婴儿的胎毛，叫人心生怜爱。叶片薄又亮，透明如玉，阳光一照就照透了，看得见上面清晰的脉络，如一只侧耳倾听的小耳朵。那清新稚嫩的颜色，没有一点儿挥毫泼墨的杂质，辉映着明媚的油菜花和绿得发黑的麦田，像一幅亮到耀眼的油画，或者一首清凌凌的童谣。阳光也是鲜嫩鲜嫩的，随便采一缕就可以入口，相信吃进肚去，人也会变得透明了。

初春时，最爱的要数柳树和毛白杨了。第一缕春风鼓着嘴唇吹来的时候，柳树还没有"柳丝长袅袅"的婀娜，更没有"柳眼梅腮"的风情，它的枝条刚刚在春风中变软，生出些眉毛一样细的小芽儿。过些日子，那些小绿芽儿就长得像一只只绿色的小手了，当白鹅在湖中"红掌拨清波"的时候，"小手儿"撩拨着水面，如羞涩的少女有了心事，一粒石子落水，便荡起一圈圈的涟漪，直到扩散到整个湖面。毛白杨呢，它萌芽时的叶子其实是猩红的，用手摸一下，粘粘的，散发着一种苦味。

白杨树下，苦菜花戴着小黄帽在微风中招摇，如我们被母亲流放的童年。我们在清澈的河边割草捞虾，坐在被阳光晒得热乎乎的石头上洗脚。几天后，叶子的小红脸儿就绿了，可是它的苦味儿仍弥漫风中，久久不散，那是它从枝头带来的乳香。那年，母亲挽着高高的发髻，挎着柳条篮到河边去洗衣，去了就再也没有回来。任檐头下黄嘴的燕子啼叫了一个春季，湛蓝的天空底下到处飘荡着毛白杨微苦的气息……

进入夏季，绿色便蓬勃甚至泛滥开来，汇成汪洋大海，覆盖了每一片土地，甚至遮挡了头顶的天空。所有动物，都有了安全的隐蔽带。夏天成了动物们的天下，而青草和树叶，是它们最好的保护色。鸟儿可以随便找一棵树做一个大大的窝；野兔们再也用不着东躲西藏；野鸡呢，到处生蛋，生一只蛋换一个地方，记不得自己到底有多少孩子；田鼠的好日子刚开始，有些果实正在成熟，可以填饱肚子，并且喂饱那些嗷嗷待哺的孩子。这季节，动物们都奢侈得像个富翁，吃喝不愁，悠然自得。

太阳越来越低，气温越升越高，树叶的颜色便逐渐陈旧起来。它们在烈日的炙烤下，喘着粗气，显得疲惫而沮丧，如一位灰头土脸的少妇，失去了昨日的新鲜和美感。夏天的绿色虽然无处不在，却已经变得很俗很黯淡，不再让人珍惜和怜爱。

到了夏末，蝉们开始泛滥，并且逐渐活得不耐烦起来，它们不停地从这棵树飞到那棵树上，叫得声嘶力竭。一片树叶撞了它的头，它也要聒噪控诉半天，甚至发上一天牢骚，像更年期的妇女。有时一棵树上同时卧着几只蝉甚至几十只蝉，高高低低地比着嗓门，像联合国召开圆桌会议，声音嘹亮又嘈杂，让大嗓门的毛驴都受不了了，在树下跺着蹄子哭嚎起来。俗话说"猫叫猫，老驴嚎，戗锅铲子搓锯条"，声音果真是难听。大树小树们不堪它们的折磨，用重重叠叠的树叶捂起了耳朵。

风渐渐有了些凉意，所有的植物都变得不安起来。老树们历经了多年的风霜，都有了经验，老奸巨猾，知道头顶上这些繁华似锦的叶子，是留也留不住的。秋风一刮，自己就要谢顶了，原形毕露。

果然，仿佛一夜之间，所有的树叶都不约而同地老了。

也许意识到生命即将走到尽头，秋天的树叶呈现出一种孤注一掷的美。那是一种历经了风雨后成熟的美，比东山魁夷的风景画还要明丽。很多树叶都由绿变黄、变红，甚至变紫。五彩斑斓的颜色，在秋阳映照下，渐渐分出了层次。尤其是霜打后的树叶，沧桑艳丽，比二月的鲜花夏美。唐代那位大诗人说得丝毫不错。

没有风的时候，树林是宁静安详的，金黄的落叶已经铺满了地面，如母亲的胸脯一般温暖，令人柔情四溢。山那边，茅草的头发也红了，熟透的红浆果和野酸枣儿掩映其中，等待着孩子们采摘的小手。要是谁不小心触碰了棘针，小手上滚出的血球，就会变成红果子，坐到棘针上。

鸟儿们三三两两蹲在树枝上谈论着一季的收成，或者根据树叶颜色的变化，讨论着大雁南飞的日期和旅程。这正是田鼠的黄金季节，它们欢天喜地，忙忙碌碌，可着劲地往洞里搬运货物：花生、大豆、玉米……搬进谁的洞里就是谁的，比那些辛劳一年的农民还富有。小田鼠们进进出出，碍手碍脚地帮着忙，一只小田鼠滚动着一只大玉米如滚动着一只碌碡，累得屁滚尿流。树上的麻雀看了眼红，也纷纷落下来和田鼠抢夺胜利果实。可惜它们的小嘴儿、小肚子，终究不如老鼠洞大。野兔们也蹦来跳去地忙活着，知道不储存一些粮食，这个冬天将会十分难熬。只是它们胆小怕事，老实本分，远不如田鼠那样张狂。田鼠可以大摇大摆去田里偷、树下捡，它们不敢。

远处，有孩子在用铁丝串树叶玩，边玩边唱着奶奶教的民谣："吃不愁，穿不愁，两只耳朵高过头，五和六月做皇帝，拾掇完了犯了愁"。野兔知道这是在取笑它们，也不敢吭气儿，慌慌张张地将树叶底下的一只红薯扒出来，张嘴咬了一口，蜜甜。

风起了，卷起地上的落叶，掠过外公外婆的坟墓，浩浩荡荡地去了遥远的地方。树上的黄叶，被风的鞭子抽着，一片接一片手拉着手不情愿地落下来。一片树叶砸中了一只野兔的头，它将前爪捂在头顶四下张望了一会儿，"嗖"地一下蹿远了。秋风追着它，带着尖啸声渐行渐远。树上所剩不多的树叶，也如蝉鸣一般缀着一根看不见的线，恋恋不舍地离了枝头。它们在风中飞舞的样子，如一只只小手在告别。落地的时候，听得见它们的一声叹息。

一棵棵树就这样瘦下来，瑟缩地等待着下一个春暖花开。当树叶全都随风而去的时候，树林便只剩下了光秃秃的架子，瘦骨嶙峋，赤身裸体，比光腚的公鸡还难看，最贫瘠最尴尬的季节开始了。

这时候，方知道一棵树没有了叶子，便没有了脸面。树叶的颜色，其实凝缩了人的一生。秋去了，冬将来，叫人怎不怀念那些逝去的色彩？

这时候，才发现自己的头发，已经落满了白霜；这时候，便后悔在风平浪静的秋日正午，没能顺着树林中那条蜿蜒的小路，回故乡去……

野菜妈妈

据说，在遥远的过去，美洲的印第安人称土豆为"妈妈"，因为土豆不仅可以作为蔬菜食用，同时还是食物，只要有土豆在，他们就不会饿死，他们始终铭记土豆的哺育之恩。

印第安人称土豆为"妈妈"的那份感恩之情令人感动。我不是美食家，但对于那些养活了我们的食物，尤其是那些在危难关头拯救了我们的美味，如：野菜，也念念不忘。

现在喝着甜水长大的孩子们，对粮食的概念不会像我们那样刻骨铭心。母亲曾告诉我：对饥饿年代的人来说，平时吃的菜蔬是后娘，因为它在你最需要的时候不见了，反而是荒郊野外沟沟坎坎的那些野菜慷慨地奉献出乳汁，填饱了人的肚腹。那时，野菜出现在人们的餐桌上，不是来锦上添花，而是来雪中送炭。

母亲说：冬季，锅里煮着的永远是白菜萝卜，锅边贴着黄澄澄的玉米饼子。有时，锅里煮的是红薯干，一片片叠加在一起，你压着我，我压着你，拥挤得让人反胃。掀开锅盖，一股甜腻腻的味儿腾地冒出来，噎得人喘不过气来。闻到那个味道，孩子就愁得坐在锅台边哭，饿得三根筋挑着个瘦头了，还是不肯吃一口，说咽不下。看现在的孩子，哭着闹着要吃烤红薯，如何能理解吃红薯吃到反胃的感受呢？

这中间，隔着一个时代。

那时候，没有大棚蔬菜。夏秋时节还好，冬天就惨了，只能在潮湿的地窖里储存些白菜、萝卜和红薯，顿顿是白菜炒粉条子，萝卜炖粉条子。菜里的油星像漂浮的岛屿，少得可怜，吃得人眼珠子都转不动了。冬春交接时，白菜烂了，萝卜糠了，菜毛都没了，人的脸都黄了！

这时候，野菜开始长出来救急了！田垄上、沟坎里，小路旁，灰灰菜和蔞蔞菜绿生生地长出来了！孩子们放了学，一个饼卷一根咸萝卜条放嘴上叼着，再把柳条篮子往头顶一扣，就向野外进发了。

灰灰菜和蔞蔞菜常常是田埂上的邻居，它们得和麦苗一起吮吸着肥料，长得肥肥壮壮。但麦子要到五六月份才能收割，远水不解近渴，所以要先感激野菜，再感激麦子。我们把灰灰菜和蔞蔞菜连根薅出来，也算是为麦子除草驱害。

灰灰菜是我吃过的最好吃的野菜了！用开水烫了，再用大豆油炸葱花倒入，等凉了再用蒜泥凉拌，吃起来那个香那个鲜啊，至今想起来还咽口水。城里的朋友不吃灰灰菜而吃马苋菜，说灰灰菜吃了会水肿，我想这真是到哪山砍哪柴，到哪河脱哪鞋，到哪地儿说哪儿话啊！我小时候吃了那么多，仍瘦骨伶仃的，也没见变成晶莹剔透的大胖子。

也有人爱吃凉拌马苋菜的，满嘴咯吱咯吱像嚼虫子，味道还有些酸，哪有灰灰菜好吃？我心里想：哼，你们是对灰灰菜有偏见，马苋菜吃了才会水肿呢。结果小伙伴告诉我：吃了灰灰菜会变成貔虎子精的，吓得我再也不敢吃了！

蔞蔞菜我们叫它蔞蔞毛，它的叶子有一圈锯齿，不小心就会把嫩嫩的小手划出血丝儿。它长得不好看，却有一副玫瑰小姐的脾气。它又是好心肠，谁要是让镰刀割了手，或者让锄头蹭破了皮，将它的叶子揉烂了挤出汁液滴在伤口处，血立马就会止住。

娄娄菜味道很鲜，无奈那层刺儿讨人嫌，不能炒不能拌，剁碎了撒进疙瘩汤里，还毛刺刺地扎嗓子，这种小辣椒的性格，让人对它既爱且恨，胆小的人就对它敬而远之了。看来，个性要适度，才能令人接受。

我家乡那一带还有一种特色野菜：沙蓬菜。叶子细得像头发，却青葱儿一般圆滚滚的，里面蓄满了从沙地里吸收的水分。这种耐旱的植物只有在沙地里才有。凉拌后的沙蓬菜很香，但也很硬，嚼在嘴里像草一样沙沙作响。

有一年春天回老家，和朋友一起到野外采了灰灰菜、沙蓬菜，掺到一起凉拌，灰灰菜软沙蓬菜硬，刚柔相济，相互补充，那种天然而又独特的味道，是哪个厨师也调配不出来的。

故乡的树林里还有一种野蒜，说是蒜，是指它的根茎，确实是蒜的模样，却小得像豆粒儿，能辣得人流眼泪。野蒜裸露于地的叶子像韭菜，我们去树林里剜苦菜和紫花地丁的时候，常采一把野蒜叶卷到饼里吃，味道怪怪的，吃着吃着就疑惑起来，将它们从饼里拽出来扔掉了。因为有人说，野蒜那细细的叶子是地里长出来的头发。

每到春天，苦菜遍地开黄花，地丁遍野开紫花，地黄花在崖头的阳光里昏昏欲醉……它们生得好看，又都可以吃。还有一种野豆子，豆荚很小，却累累赘赘长得一嘟噜一串的，采回家去晒在笸箩里，可以做豆瓣酱吃。

如今，吃野菜的岁月已经过去了，蔬菜瓜果多得令人眼花缭乱，想吃啥有啥，但吃来吃去，舌头却好像丢了了味蕾，吃啥也不香，海参、鲍鱼、燕窝也已经勾不起食欲。天下的菜系，就那么寥寥可数的几种；天下的水果疏菜，也并非多得数不过来。变着花样吃来吃去，舌头其实是在重复地品味着相同或者相似的味道。

这时候，大家又不约而同地想念起野菜来了。野菜重新被请上了餐桌，不过它肩负的不再是填腹救急的使命，而是成了尝鲜和怀旧兼具的代名词。

只有我们和比我们更老的人，懂得"野菜"二字的含义。野菜滋养了我们的身体，强壮了我们的筋骨，填补了我们贫瘠的记忆。一个地方的饮食文化若是不把野菜列上，那可有失公道，甚至可以说是忘本了。因为饥饿年代，养活人的不是山珍海味，而是田间地头、林间溪边那些野蛮生长的野菜……野菜对于人类的养育之恩，不亚于生身父母。

如果我的母亲还活着，我想她一定不会反对我喊野菜一声：妈妈！

父亲爱种花，他将老家的小土院打扮得姹紫嫣红。在灰暗得看不到希望的日子里，年幼的我迷惘着，他却把绝望种出了颜色。

院里最引人注目的花，是那棵一人多高的木槿，年年开出朴实生动的粉色花儿，一天开一树，从夏开到秋。不知它哪来这样前赴后继的勇气，每天捧出的花儿都是新的。早上开，傍晚就败，双瓣，花朵硕大。

黄昏时，树周围落满厚厚的一层木槿花，都是整朵整朵的，捡起来放到笸箩里洗净，撒上面粉和盐蒸着吃，清香馥郁。

它从来不会一瓣一瓣地落，要落就是整个一朵，完整、彻底，毫不吝啬。

它不会让你看到它陈旧的样子，以免对它产生厌倦。在韩国，它是国花；在我家小院里，它则是朴实的乡下妞儿，花朵满树，神色安然，映衬着我苦闷的少女时代。

繁花掩映的窗户后面，坐着我的父亲。

父亲是一个眉清目秀的小老头，个头不高，双眼凹陷，鼻子挺拔，即使在农村，穿着破旧，也不显土气，透出一股神清气爽的旧式文人气质。他年轻时曾经在青岛待过，即使回到乡下，仍然跟周围的人不太一样。

他无法成为一个合格的庄户人，一辈子都没真正融入周围的环境。

曾经的富贵，让父亲在简陋岁月里依旧保留着雅趣。对乡野草民来说，这是奢侈的享受。住在荒村破败的土屋里，他仍然坚持写日记，留下生活的痕迹，让后来的我从那些只言片语中，觅到他当时的心境和一些蛛丝马迹。

父亲有几样奢侈品，比如那副镜面发绿的石头眼镜。他每年去镇上一两次，住在舅舅家，得空就访访老友，或者让舅舅去喊他们来，闲聊从前的岁月。

父亲爱花，爱不起名贵的花，对草花一样爱不释手。简陋的环境，暴躁又懦弱的性格，却有如此细致入微的爱惜。

父亲种过一种很有风情的花，不知从哪里弄来的，还给它起了个名子，叫梅蕉。我喜欢这个名字，因为我母亲的名字中有个"梅"字。它亭亭玉立地站那棵木槿花旁，看上去不太合群，跟周围的植物也不搭，有点绝世独立的异域味道，热烈、洋气、傲骄，花瓣四周镶着金边，散发着贵族气质的艳丽。

梅蕉叶子硕大，大过猪八戒的耳朵，晒干了可以垫在下面蒸馍馍。后来，我到镇上读重点中学，见多了花儿，才知道它就是美人蕉。它被称作梅蕉，不知是口误，还是它从南国来到北方，改名换姓了。

院里最不受待见的花，是那棵栽在破铜盆里的仙人掌。说是"铜盆"，其实是个白底蓝花的破脸盆。物资匮乏，使简单的物件变得珍贵，除了"铜盆"，我们还称火柴为"洋火"，称煤油为"洋油"。

这盘惨兮兮的仙人掌，一身讨厌的刺，让人敬而远之。它总是处在被遗忘的状态，很少在显眼的位置呆过。不是被搬到墙根下，就是被扔到猪圈门口。仙人掌倒也不怨不怒，任怎么折腾也坚持活着。

能记起仙人掌的，也只有父亲了。铜盆边缘烂掉了，他就用一块铁皮围起来。铁皮白底上画着清秀的竹子，让我异想天开地认为那就是郑板桥画的竹，有朝一日被人发现，会让我家一夜暴富，父亲可以换一件新夹袄，我可以买一条牛仔裤。

夏天，仙人掌精神抖擞，天天向阳光伸着饱满的手掌；秋天，收豆子、玉米和谷子时，小驴儿天天拉着石磙子在场院打场，飞扬的尘土使仙人掌变得灰头土脸、老态毕现；冬天，那就更惨了，它直接被托到东墙上，冻成了一滩烂泥，奄奄一息地瘫在墙头上。

即使这样，它扎人的本性也不改，不小心沾上一点毛刺，像被毒虫子咬了，想将它们一根根拔出来，比拔汗毛还疼。

尽管仙人掌饱受摧残，却回报我们大大的奇迹：这年春天，它竟然开花了！黄色的，单瓣，拳头那么大，迎风绽开的样子显得单薄娇弱，楚楚动人。父亲爱不释手，说它像棉花。

仙人掌开花，村里人第一次见，都来看稀罕，说没想到这丑东西能开出这么俊的花儿来。

一生之中，并没有多少事物，能像这盆仙人掌这样，带给我们如此的意外和惊喜。这是无法安排的。一盆花带来的快乐，现在用一辆宝马也换不来了。

那时冬天没有炉子，更不可能有土暖气，只能每天三时烧炕取暖。屁股下是烫的，上面却是凉的。父亲拽拽那件沉沉的老羊皮袄，让它包裹得更严实一些。他坐在靠窗的地方，有时看书，有时看地图，有时抄着手打盹。

他那件皮袄里的羊毛很白，外面是一种叫"涤卡"的黑布，非常结实，穿了好多年也不破。父亲爱干净，每天要扫几遍炕，天再冷也要打开窗，将屋内一夜的污浊之气放出去，将屋内新鲜空气迎进来。

大门外的几棵老槐树，冬天时瘦骨嶙峋，被大风吹得吱扭作响。麻雀一溜儿蹲在树枝上，冻得叽叽叫，不时挪动着小爪子。有几只胆大的就落到院里，用两条麦秸似的小细腿一跳一跳地觅食，声声叫得可怜。可惜没有虫子，也没有米。父亲将扫炕的饭渣儿撒给了它们。

冬天窗台上摆着的，永远少不了那盆素淡安详的长寿花。家里有老人的，总是心照不宣地摆上这么一盆，仿佛它真的能给人带来长寿安康。长寿花比蒲公英大不了多少，粉红或玫红，辉映着大红的窗花。

窗花有花朵、牧童，鸳鸯，有民间的一切美好寓意。窗上没有玻璃，是白纸，中间剖开，用一根高粱杆缠住。白天，用高粱杆卷着窗纸往上翻，让阳光透进来；晚上，再将窗纸放下来。人们只能靠这一层薄薄的窗纸抵御外面的冰天雪地。风大的时候，窗纸被刮得忽哒忽哒响，窗花也跟着飘飘摇摇，像要从窗上跳下来，和人一起过日子。

中午时，屋里稍有暖意，父亲便开始为长寿花掐掉枯萎的梗子。我在读安徒生童话，看到雏菊安慰着受伤的鸟儿，让它吮吸自己叶子上的露珠。我竟然不知道，窗台上那盆朴实的长寿花，其实就是安徒生笔下的雏菊，意大利的国花。

父亲好像还养过芙蕖，养在水缸里，紫红的叶子紫红的花。

父亲还将萝卜和白菜撮合到一起，让它们开出雅致的花儿来。将萝卜头切下，掏空，用线倒挂，装满水，水中放上白菜心。最后，萝卜和白菜先后开出清新的黄花，仿佛春天降临到了冬日。

记忆中最早的花儿，是洋樱桃，学名珊瑚樱。将它划归花类其实并不妥当，因为它的美丽在于果实，那汁液饱满的红浆果里，孕育着我的童年。

洋樱桃站在简单的花盆里，白白的小花儿，如一颗颗小星星。它的果实比真樱桃还饱满，让人想尝一口，可惜它并不好吃。树上的麻雀也想尝尝鲜，趁人不备慌慌张张地落下来啄食。被啄破的洋樱桃会有扁扁的黄色种子落到地里，在来年春天长出无数棵小苗。

总觉得洋樱桃与我有特别的缘分，好像我在前世就见过它。我与它说话，每一颗洋樱桃都能听懂。它是古朴的，画在明清瓷瓶上的那种古朴，它和长寿花被摆在八仙桌上，旁边有扎小鬏的童子，穿着对襟锦缎小袄和虎头鞋……

父亲离去后，他吃剩的半个橘子罐头留在窗台上，如半瓶被用过的时光。他的那些草花儿依旧开得无知无觉，无遮无拦。他留下的衣物陈旧不堪，可是那些花儿却依然新鲜芬芳，天真无邪，没有老年人的暮气。

我带着父亲的日记本回城，他工工整整地记录着每一棵花的变化，有些记在小学生作业本上，有些记在月份牌上，令人读之怅然。

我感恩每一朵曾经陪伴过父亲的花儿，感恩它们给我们贫瘠的岁月带来希望。可惜，那些轮回于四季的精灵，和我们的小土院一起消失了，只能在记忆中姹紫嫣红。

那年，在二姐家的窗台上，看见几盆开得正艳的旱金莲，这也是父亲曾经养过的花，它在二姐的窗台上出现，好像就是为了唤醒我的回忆。过去，窗台上开得最热闹的花就是它了，不管屋里多冷，它都会在春节前准时开放，不会早，也不会晚，就赶在那个时候。

花一开就收不住，一朵接着一朵，顺着阳光往上爬。阳光越好，它就爬得越快、越高、越有劲儿。

它爬到窗顶，将繁花似锦的青春开满了窗台。

我摘下几粒旱金莲种子带回北京，每过几天就提醒自己一次：冬天来临前，一定不要忘记种下；过年时，它会带来扎扎实实的希望。我是如此亟不可待，却又怕它开，因为花开的时候，回忆又会涌上来。

想当年花开的时候，亲人们都还在。如今，它却只能开给我一个人看了……

雨伯伯的礼物

"雨伯伯送来新奇的礼物，

森林里钻出千百个蘑菇，

一个个头顶圆圆的草帽，

身上穿着各色衣服……"

小时候，我读过这样一首诗——《雨伯伯的礼物》。

我不知蘑菇为何物，去问大人，大人用土话回答：就是蛾子！我听着别扭，一赌气扭身走了。因为有种会飞的昆虫也叫蛾子——飞蛾扑火的蛾子。蛾子怎么会头顶圆圆的草帽呢？

根据诗中的描述，我隐约感觉"蘑菇"应该是不会动的东西，所以大人的解释让我不服，觉得他们还不如我有学问。

我很快就知道什么是真正的蘑菇了。因为秋雨一下，我们就在大孩子们的带领下拎着小篮子，涉过小河到树林里去了，就像诗中的小白兔那样：

"有只小白兔手提竹篮，

蹦蹦跳跳来采蘑菇，

嘿，蘑菇多得像天上的星星，

小白兔高兴地加快了脚步……"

明媚的阳光从树杈间倾泻下来，照在那些毛茸茸的蘑菇上面。树墩上、草丛中到处都是蘑菇，五彩斑斓，令人眼花缭乱，走几步就会有遇见一个蘑菇部落，圆圆的像散落的蒙古包。

各色各样的蘑菇很快就盛满了竹篮。秋天丰饶的大地，美好得叫人兴奋和慌张，而蘑菇只是其中的一种。蘑菇也是欺负人的，有时任凭你将眼珠子瞪得几乎要掉下来，它就是不出现。好像你提着篮子走到哪里，它就躲起来了，和你藏猫猫。

新生的蘑菇有一种鲜味儿，像榆钱儿，像茅草的嫩芽。大自然到处是那种新鲜芬芳的气息，鲜得让人忍不住想咳嗽。树林里氤氲着一层雾气，阳光新鲜得可以蒸着吃，露珠则清澈得玻璃珠子，一碰就好像能叮当作响。千万滴露珠落地，地上很快就变得潮湿起来。

一切都是那样纯粹美妙，让我们小小的心莫名地就激动起来，很想抓住正搜寻着蘑菇的伙伴，向她说些亲热的话。

最好吃的蘑菇是从柳树根上长出来的，当地称它为"柳蛾子"（原来大人没弄错），它像白面书生那样清秀干净，底部的条条竖纹细腻流畅，如一件古董。做汤吃，味道格外鲜，嫩得像唐僧肉。

还有一种是腊条棵里长出来的蘑菇，有一次大娘去东坡割腊条，兜回来一衣襟，做了满满的一锅汤，里面漂满了解毒的蒜瓣儿。她先给自己盛了一碗，也不让让我。

我哪里知道，那是大娘担心蘑菇有毒，在以身试险呢！她从没见过这种蘑菇，但知道毒蘑菇毒可致命，只好壮着胆子先尝试。好在吃了安然无恙，我才得以吸溜吸溜地喝了一顿蘑菇鲜汤。

我们还发现了一种奇大的白蘑菇，像一把白布伞，上面丁点儿花纹也没有。但恰恰是它那看似简单的外表令人疑惑，因为大家都相信：毒蘑菇总是与众不同。刚出了树林，大家就纷纷从篮子里拣出来摔在地上，看谁摔得远、摔得碎。

溪流在远处淙淙流淌着，我们围成一圈，再将摔碎的蘑菇踩个稀巴烂，好像在发泄对坏人的仇恨。这时，二爷爷推着小推车从河北岸的菜地里走过来了，哼着戏文儿。他一见满地的碎蘑菇，就喊起来：这些熊孩子，咋舍得糟蹋好东西呢！这蘑菇比鸡肉还鲜，可惜你们无福尝喽！

大家一听，一哄而上，纷纷将碎蘑菇往自己篮子里抢。有人抢得比原来多，有人得到的比原来少，有人气得哇哇大哭，好像比那些被摔碎的蘑菇还冤。

那时，小孩像大人一样，也是不劳动不得食。拾草、剜菜、倒地瓜这样的活儿，都是小孩的事。我们不但要养活自己，甚至还要再养活一只猫、半条狗。采蘑菇，也是孩子们自力更生的一种方式。

有一次采蘑菇回来，走在柔软的沙地上，看着别人盈盈的篮子，再看看自己没盖过来的筐底，心里沮丧不安，担心家里没菜吃，最后，我用两毛揣皱了的钱，将伙伴的蘑菇买到了我的篮子里。两毛钱那时不是个小数目，可以买几支铅笔、两个本子，所以我的慷慨让她们刮目相看。

那天晚上的饭吃得特别香，蘑菇汤鲜到了脚丫子。

我还破费过一次，也是用两毛钱，不过买的不是蘑菇，而是同学家一本撕得稀巴烂的破语文书，灰黄粗糙的草纸，用手一摸都硌手，上面有篇课文叫《自相矛盾》，插图是两个分别拿着矛和盾的古怪人。书在乡间是稀罕物儿，插图更是少见。尽管那画面让我觉得怪异，就像听到蘑菇叫蛾子一样怪异，但我还是用两毛钱的巨款将它买下来了。一本擦屁股剩下的破书，成了我文学启蒙不可分割的部分。

秋天是最丰富多彩的，树林里花花绿绿的蘑菇仿佛有魔力，谁见了都恨不得将它们挪到花盆里去，天天浇水施肥，等它们开花结果。但越是美的蘑菇，大人们越是警告我们不要采，说这是毒蘑菇，吃了活不到明天。甚至有老人说，这毒蘑菇就像村里最好看的那个姑娘，招蜂引蝶，是红颜祸水。有人说她心眼并不坏，但老人说：她生得美，引得很多男人魂不守舍，就是她的罪。

是美丽有毒，还是有毒的东西都美丽？看来，只有诗中的小白兔有一双火眼金睛：

> "它睁大眼睛东张西望，
>
> 忽然瞥见一个漂亮的蘑菇：
>
> 从头到脚都是美丽的花纹，
>
> 亲热地向小白兔打着招呼。
>
> 小白兔认出这是个毒蘑菇，
>
> 它竖起耳朵，十分愤怒：
>
> '呸！谁相信你的花言巧语，
>
> 美丽的外衣也休想把我迷惑。'
>
> 说着一脚把它踩倒在地，
>
> 蘑菇的黑心肠在阳光下暴露！"

看结尾这两句，有点漫画上那种批斗的口气了。

蘑菇让我懂得了一个真理，在世人眼里，越是美丽的东西越是有毒的，甚至是有罪的。所以千百年来，人们一直战战兢兢地听着老祖宗们的告诫，坚守着中庸之道。

蘑菇，向我们打开了一个亦正亦邪的世界。一座座蘑菇房子里，栖息着我们的童年。

可惜，那片盛产蘑菇的树林后来被粗暴的斧头砍光了，连同绕着树林流淌的清澈小河，也被填平种上了花生、玉米和高粱。人们眼巴巴瞅着，瞅出了火星，那些庄稼仍然面黄肌瘦，到秋天时几乎萎缩得跟茅草一样。沙质的土壤是不能种庄稼的，它们只能是森林的宝地、河流的床，人类无法改变它们的性质，就像不能改变天空的颜色一样。

人们只好重新栽上树，树却老也长不大，一两年了还只有手指头那么粗。一片树林是要长好多年才能成为树林的，它们不是老母鸡，喂上粮食当年就下蛋。于是，人们又失去了耐性，再砍了树种上庄稼。那些被砍倒的小树苗既做不了栋梁，也不能做牙签，只好委委屈屈地做了农妇的烧火棍。

再种上的庄稼自然重蹈覆辙，长成了一片茅草……如此几番折腾，那片树林成了遥远的回忆，那条河也废了，既没了水，也长不出庄稼。它扭曲着蜿蜒在那片古老的土地上，像一条蚯蚓、一道伤疤。

至今没有人认个错，也没有人说一声后悔。

我们好像一起做了一场梦。醒来，那片树林不见了，树林里的蘑菇也不见了，而童年时的朗诵声还在脆生生地响着：

雨伯伯送来新奇的礼物，

森林里钻出千百个蘑菇，

一个个头顶圆圆的草帽，

身上穿着各种衣服……

在阳光里思念花生

这个春天最开心的事，就是和朋友们结伴去了一趟百望山。那位演员朋友说来京这么多年了，这是第一次出京旅游。不过几十里外的一座小山，竟被他视为旅游，可见为生存所累的日子连他夹缝里的欢乐也榨干了。

山上的阳光是透明的，风在每一朵花苞上停留，宁静而温暖。我不识那瘦瘦的枝条上挑着的是什么花苞，有人告诉我那是野桃花，因为没有经过人工修剪，所以显得柔弱。

我站在山顶的佘太君像前四望，看到我们生活的城市，沉在灰蒙蒙的雾霾里，这不免令人沮丧。家乡倒是没有雾霾，但我们还是离开它，来到有雾霾的地方。不是不关心自己的健康，而是因为我们必须奋斗。

提起我家乡，身边的演员朋友就抢着说："我知道，就是那个盛产地瓜的地儿吧？当年我爷爷奶奶到处讨饭，都绕着那里走，将它排除在他们的讨饭计划之外，因为你们家乡的地瓜太甜，伤胃——乞丐的胃已经禁不起折腾了。也就是说，你家乡的地瓜，对那些乞讨者是没有恩情的，起码对我爷爷奶奶那一拨儿没有恩情，那对我也没有恩情，哈哈！"

这套逻辑，不着边际，搞艺术的人，思维总是别出心裁。我反驳他说："你是只知其一不知其二，在我家乡，最知名的特产不是地瓜，而是花生。是花生与地瓜，共同把我们养大。它们是我们的再生父母。"

在我的口音中，至今有着地瓜与花生的气息。童年的所有记忆，也总是与地瓜与花生密不可分，不是摘花生，就是在野外用铡刀切地瓜干，或者抡个小镢头刨收获时遗漏的地瓜与花生。地瓜与花生填饱了我们的肚子，也占领了我们记忆的空间，我们每天忙忙碌碌，似乎都是在为它们服务。

在田野里，地瓜与花生相邻而居，藤蔓相缠。它们的果实，都埋在土中，不见庐山真面目，只露出蔓叶。只有收获时，它们才能看到对方成熟的样貌。地瓜壮硕又丰腴，如大地深藏的乳房；而花生则玲珑活泼，如一串串叮当作响的小铃铛。地瓜甜而面，花生香而鲜，煮在一个锅里，吃在一个碗里，它们组合搭配，相依相伴，永远是最天然又有营养的食物。

秋风微凉的下午，在坡里用铡子切地瓜，我切，小哥哥提着个腊条篮负责晾晒。我还没有上学，帮大人干活就是我每天的功课。花生还没有收，但经霜打之后，叶子已经黄了，在不远处的地里憔悴着。

小哥哥比我年长好多，算是个大人了，他催我快点切，因为河东岸的村里有电影。有电影看的日子，就是最隆重的节日。于是我的小手就在铡刀上上上下下地飞动，变戏法一般，把自己都看得眼花缭乱。

一片片薄薄的地瓜干从铡刀下吐出来，不一会儿便落满了下面的篮子。被切开的地瓜汁液四溅，白白的、稠稠的，像母亲的乳汁。蚂蚁们在四周积极地来来回回，捡一点渣儿齐心协力地抬回窝去。

风带着地瓜干甜丝丝的味道，拂过铡刀，向远方飘去。一不留神，亮闪闪的铡刀将我的手掌擦破了一层皮，吓得小哥哥赶紧蹲下来，用嘴将我手掌上的血丝吸干，然后在上面撒上一层沙子。

有电影看的兴奋麻木了我的神经，我看见自己留在铡刀上的血，却没感到疼。小哥哥不肯再让我切，他将剩下的活儿全包了，让我趴在一旁的沙地上挖沙里狗儿玩，看蚂蚁热火朝天地打架。

晚上，在邻村看的电影是《甲午风云》，邓世昌那双炯炯有神的眼睛占据了整个屏幕，至今想起来都很震撼。但那晚小哥哥可能是累了，不等看完就背起我走了。

月光亮若白昼，脚下是绵软干净的沙地。越过浅浅的小河，走到不知谁家的花生地里，我像条泥鳅似的从小哥哥脊背上滑下来，蹲在地上，从花生秧下抠起花生果来，抠一小把就装到花衣服的口袋里。

即使是偷东西，也是讲规矩的，不能把整棵花生都薅出来，因为大人说，只要花生秧没有枯，下面的花生妞儿就还在长。在我们家乡，花生遍地都是，谁家都有几亩，平时都不稀罕，只是恰好在这个时候饿了、馋了、想吃了。丰饶的大地，随时奉献饱满的果实，款待饥饿的孩子。

小哥哥是大人了，他不能干小孩子的事情，只能不远不近地站着、等着，抬头看着天上的星星和月亮。他的身影，比村里所有的男孩都好看。

小哥哥开始催我走，我爱搭不理的。他没招儿，只好嘱咐我说："不要老是在同一棵花生秧下抠，要换一棵，要是根都被抠断了的话，这棵花生秧就活不了了；也不要抠那些小花生妞儿，因为它们还没有长大，要耐心等待，等它们长成大花生。"

这次我听了，抠一棵就赶紧挪挪窝儿。

我又重新回到了小哥哥的脊背上。我一手揽着他的脖子，一手从口袋里摸出花生，往他衣服上蹭几下，再塞进嘴里剥壳。壳儿吐到月光下，果仁儿咽进肚子里。

忘记了吃的时候往小哥哥的嘴里填过没有是，小哥哥的布褂子上，散发着与我来自同一母体的味道。刚从秧上摘下来的花生，真鲜。时至今日，我也爱吃那种还沾着沙土的新鲜花生，对放了奶油和作料加工过的花生不感兴趣。

噙着一颗鲜嫩的花生，我做了一场梦。醒来，那月明之夜花生的鲜味儿还在空气中弥漫，小哥哥催促我回家的声音也犹在耳边，而他那年轻的身体，却早已沉睡在了一棵花生的根下，和故乡的泥土融为了一体。

我最爱的小哥哥，他没能等到花生妞儿长成大花生。

在这异乡的春天，枝头开始染绿，桃花即将爆出花蕾，亲情的气息又开始在新的季节里蔓延。

我爬上山顶，无缘无故地打了一个喷嚏：阳光里，我似乎又闻到花生的鲜味儿了！记忆刹那间融化，和我的呼吸融为一体。这些年，带着失去血亲的寒凉，在世间颠簸流浪，心麻木得针都扎不痛了。今天，在春天的阳光下，它醒来了。

举目四望，总觉得有一双熟悉的眼睛，在某一棵花树后望着我，望着曾经伏在他脊背上酣睡的我，望着已经长成大花生的我。

越过无尽的原野和重重的山峦，我喃喃地说：哥哥，你究竟丢失在哪片花生地里，哪那道地瓜岭上？故乡还在等我们，有地瓜、花生、草垛和娘蒸好的干粮，我们都不要迷失在异乡的山梁上哦。

哥哥，把我背回家呀。无论何时何地，只要手里攥着一颗新鲜的花生，你就能找到我！

祖谱上的故乡

在世人眼中，关心自己的家族和故乡，是大男人的事，女人迟早是泼出去的水，所以族谱中，不必有女人的名字。女人不属于故乡，故乡也不属于女人，故乡的兴衰荣辱，与她们无关。

而身为女性，我似乎生来就是个异类。我的双足还站在故乡的土地上，就有了乡愁。生养我的那片土地，毫无疑问就是故乡了，它像生养我的母亲一样，可是我依旧固执地认为：我的故乡，在远方；我的未来，也在远方。

当我看到那本泛黄的祖谱上，那个仿佛天外来物的地名，小得不知道年龄的我，瞬间泪流满面。江苏省海州县（现海州区）当路村三槐堂，这个遥远的小村庄和古老的堂号，仿佛在提醒王姓后世子孙们：不要忘记，这是你们的来处。明朝洪武年间，你们的祖宗们由这里走出去，散落海内域外，四面八方……

从此我就再也没有忘记，从此我就有意无意地在九百六十万平方里的疆土上寻找。寻找我从海洋走向陆地的足迹，寻找我由一尾蝌蚪蜕变为青蛙的过程。像风筝寻找断了的线，像一滴泪寻找遗落它的眼睛，我寻找故乡的心情是如此迫切。尽管在世人眼中，女子没有记住来处的必要，更没有进入族谱的权利。

"问我祖先在何处，山西洪桐大槐树。"世代都这样传说。但是，大槐树不过是一个广泛意义上的故乡，似是而非的故乡，据说当路村与它一样，也是一个移民集散地。但我们王姓当时并非移民，而是当地的土著，既然是土著，为何后来也成了移民？

王氏始祖，有据可考的记载，出自姬姓，始祖是周朝周灵王时的太子晋（也称王子晋）。他因直谏被废为庶民，十七岁时抑郁而死。传说，晋死后便羽化成仙了，成了世人口中的仙子王子乔。

晋之子宗敬先为司徒，后隐居太原，时人称他们一家为王氏。

秦汉时，姓氏合一，"王"自然就成了王姓，义为王室之家、王者之后。

此后十六代时，有秦朝大将王翦与其子王贲一道，为秦灭六国，一统天下。王翦之孙王离，在与西楚霸王项羽交战时战败自刎。三代而竭，宿命终不可违。

我在研究楚汉那段金戈铁马的历史时，曾经沿着战争的足迹走过许多省市，在写到项羽与王离的对决时，写得涕泗横流。那时，我并不知道秦国这三位纵横驰骋的大将，就是我们琅琊王氏遥远的先祖。在我的笔下，王离与项羽的对决是这样的：两位敌国的年轻将军，同样出身高贵、狂傲自负，同样以自己的家族和姓氏为荣，他们虽是你死我活的宿敌，内心却相互欣赏。可惜，他们不得不决战沙场，一决胜负。最终，霸气冲天的项羽以五万人马战胜王离率领的二十万秦军精锐，王离成了项羽手下败将。

血气方刚的王离惭愧于王家从未有过如此败绩，痛恨自己辱没了光荣而高贵的血统，唯求一死，而项羽提出单打独斗一场，再决胜负。王离欣然同意，但提出一个要求：为他准备一套新的秦军铠甲，因为他不想就这样狼狈地去见祖先，他认为成败都不能剥夺军人的荣誉，英雄的死应该比英雄的生更庄严。而项羽也做好了同样的准备。

雁群嘶鸣着飞过天空，四野空旷苍凉。两副新的铠甲，包裹着两具雄姿勃发的身体。他们在黄土地上尽情地厮杀，每一个动作都如此优美而昂扬，直杀得天摇地动。飞扬的尘沙对他们来说又算什么？这最后的一搏，象征着人生最后的宣泄，因为存活下来的只能有一个，而失去了对手的英雄，与死去又有何异？

最终，王离倒下了，他的铠甲滚落在幽深的谷底，闪着青铜的光泽，如一段遥不可追的岁月。而项羽孤立山岗，长叹着：从此另一个我也死了……

王离生有两子：王元、王威。王离战败自刎后，王元携家眷迁往琅琊郡，成为我们琅琊始祖，由此，有了中国历史上颇具声望的士族门阀——"琅琊王氏"。王离次子王威留守太原，使"太原王氏"得以生生不息、名扬天下。

中国历史上，琅琊王氏与太原王氏这两个同根同源、并驾齐驱的望族，名人辈出，群星闪烁，曾经出过九十二个宰相、三十六个皇后、三十六个驸马。在北魏、大唐时几无姓氏能与之匹敌，纵横七百年才渐渐衰落。曾经的"王与马，共天下"，曾经的"旧时王谢堂前燕"，写的就是王氏家族曾经的辉煌与凋落。

历史上声名显赫的琅琊王氏，在沧海桑田的变迁中，早已日渐式微，子孙后代散落各地，不知自己从何而来、到何处去，然而基因密码一直储存于血液中，潜移默化地传承下来，又衍生出其它支系。三槐堂王氏便是其中著名的一支，而我们这一支的祖先跨山越海，辗转来到了山东。

传说，我们的祖宗是七个兄弟，他们离开海州县当路村后，在山东省日照市的齐老岭分道，手中各执裁下的衣襟一角，作为日后相见的信物。我的祖上曾经落足青州，生息在刻有巨大"寿"字的云门山下，因而我们这一支又叫"寿山王"。据说，"寿山王"后来又往南迁徙，来到了安丘、诸城一带。

清朝时期，王家成为了山东诸城一带的五大家族之一，"藏王刘李丁"的传说流传至今，甚至被学者们当做"王氏现象"来研究。

没有哪个姓氏能逃过时代变迁的洪流，像无数曾经兴旺的家族一样，我家也难逃凋敝的命运。

我在一方狭小天地里追根溯源，越追溯越迷惘，但还是不死心，太遥远的历史无从追索，但祖谱记载的故乡总该有证可查，我想跋山涉水去寻找它。

固执的人是悲哀的，即使年岁渐长，心中仍默念着那个在世代繁衍中早就混沌了的故乡，比星星更遥远的故乡。这在生活中渐渐成了一件难以启齿的事。因为那个故乡，非我一人之故乡，确切地说，那是我祖上的故乡，从明朝洪武年间至今，沧海变桑田，无数的"我"早已遍布大江南北、海内域外，那个小小的"当路村"，即使仍然存在，也已经是千千万万人的故乡了。

那个故乡，连我父亲、我爷爷、我爷爷的爷爷都已经漠不关心，即使它仍然存在，也已不可能认识它的后世子孙，而他们也早将异乡当成了故乡。

愚蠢的女人啊，今世已经够累了，又何必去关心前生的渊源，就像人类寻找早已丢失的尾巴？

2005年秋天，我去了连云港市。祖谱上记载的海州县就在那里，但我不敢奢望会与那个更小、更具体的坐标"当路村"相遇。一个五百多年前的村庄，就像一粒芝麻丢失在海洋里，谁还敢指望打捞到它？

夜宿连云港，好像老是有一个苍凉的乡音在渺远处唤我。走在陌生的夜色里，小巷昏暗悠长，潮湿的海水气息扑面而来，那一刻我仿佛听到了化石的心跳。

抬头看熟悉的月亮，它一定奇怪我为何到这里来了。身边，每当有人擦肩而过，我就想告诉他，我也是这里的子孙啊，如果祖上没有迁徙，也许此刻我也走在这古旧的街巷里呢。

第二天，在霏霏细雨中，我乘车赶往花果山。传说中吴承恩笔下的孙猴子就是从那里蹦出来的，搅得天摇地动。看着掠过的路牌，突然精神一震：我看到了那三个字——当路村。

半生的寻寻觅觅，竟然就在眼前，得来全不费功夫。

于是，掉转车头，顺着路牌指示的方向，驶向我前世的故乡。一条泥泞的乡间小路，带我回家。

当路村，一个祖宗们口口相传却一直没有回来的地方，每个王姓族人都惦记过却认为不在了的地方。

眼前的村子山清水秀，民居多是两层建筑，和苏北每个地方的房屋一样平淡无奇，也没有想象中应有的古旧，然而它结结实实地立在那里，好像祖宗从未离开过。

将头探进一个小卖部窗口，里面的人在稀里哗啦掷骰子，热火朝天，神情却比花果山的石头还冷淡。他们都很瘦，喝酒抽烟熬夜的那种瘦。千言万语一时不知从何说起。找了半生，找得好苦，寻根问祖的激动和急切，竟没有一个相应的环境来呼应。

我问一个披夹袄的人："这村里有三槐堂王氏的后人吗？"

答："我们都是三槐堂的后人，两三千人呢，你找哪一个？"

我嗫嚅着："我是来寻根问祖的，我是这里的后人，第二十一世的！"

他嘴上叼着烟，淡淡地说：我们这儿都排了六十多世了，你们才排到二十几世。我们从春秋战国时候就开始记族谱，一直记下来，中间虽然断过，后来又续上了！

我说：我们只排到二十几世，是因为我们从明朝离开这儿后才开始排的。

这时，有个人大概嫌我扫了他们的玩兴，很干脆地说：问她要东西啊！

于是，有人从小卖部的窗洞里伸出手，向我摇了几下，令我想起了鲁迅笔下的那只手，顿时哭笑不得。我知道他们问我要祖谱，但我没有，祖谱都保存在族中的男长辈手里，我一个女的，怎么会有呢？

于是，我只得像一个蹩脚的冒充者那样讪讪离开。细雨如针扎在身上，使我感到了凉意。这时，那个披夹袄的人却急匆匆追上来，问我是否是个什么官儿。

我摇了摇头。我只是一个手无寸铁、以笔为生的平常人，甚至没有进入王姓族谱的权利。所以，他们不必知道我是谁。

"生我之前我是谁，生我之后谁是我？"有多少故事和真相都湮没在岁月的尘埃里了，再也没人关心。一棵棵被移植的树，早就丢失了属于自己的根。但我知道有些人、有些事，沉淀在我的骨髓和血液中，永不会遗忘。

几年后，我来到陕西，拜祭了古老的黄帝陵，突然释然了：同根同源的中华儿女，血脉相连的亲人们，无论你寻与不寻，它就在那里，又何必耿耿于怀呢？

第四辑

光影流年

遭遇莫言

　　蓦然回首，我与莫言老师也认识 20 多年了。这一生，有些人你遇见或者不遇见都无所谓；而有些人，你遇见或不遇见，是不一样的！

　　当年，由张艺谋导演的《红高粱》在我们故乡引起的轰动，不亚于凭空炸了颗原子弹。轰动的原因不是它斩获了国际大奖，而是因为它的原作者莫言，是我们邻县的高密人，而电影也是在高密拍摄的。

　　这部电影，把还扎着两条小豆角辫的我看懵了。几年后，我才有了理解这部作品的阅历和能力，读《红高粱》原著时，它带给我的震撼和冲击，远远比电影来得强烈。

　　人一辈子能遇到几部让你浑身发冷的作品？那些像高粱叶子一样密不透风的句子，句句带着锯齿，锯你砍你，让你透不过气来；你就像一只蚂蚁，在红高粱的汪洋大海中逃亡，每一棵高粱都高举着剑，杀杀杀杀地追着撵着，逃到哪里就追到哪里。那一泻千里的句子浩荡奔涌而来，让人血脉贲张，豪情激荡。

　　但其实还是不能完全看懂。它跟当时所有的文学作品都不一样，而惯性思维使小小的我固执地非要从中找出意义、中心思想，分出好和坏、黑和白……可是《红高粱》什么也不告诉我，也许它告诉我了，而我又不明白。

在懵懂无知的年龄，就读到莫言的作品——那些在当时看来十分另类的作品，令我一筹莫展，心生茫然。从没有哪部作品让我如此惶恐、如此不得安宁过。

莫言说："创作者要有天马行空的狂气和雄风。无论在创作思想上，还是在艺术风格上，都必须有点邪劲儿。"他的横空出世，改变了一代人的思维，也颠覆了一个世界。所以，我将与莫言作品的相遇，称为遭遇。莫言，就此成了我心中一个奇异的符号。

那年冬天，与文友去看莫言家的老屋。老屋在村后，奇怪的是，门口竟然朝西，旁边堆着些棉花秸子。在民间，大门的朝向很有讲究，要么朝南，要么朝东，很少有敢朝西的。

南墙头已经坍塌得只剩半截了，外面撂着些树枝，狗尾巴草随风扶摇。坐在墙头上，可以看见院中的香椿树。老屋不是想象的破旧，看来在即将坍塌前修整过了，屋顶西面是红瓦，东面是青瓦——大概是红瓦不够了，便用了青色的。我仿佛看见春天的燕子在檐下衔草含泥，蜘蛛在忙着结网，它们和墙角朴素的小花一起，妆点了农家的日子。

这个用放大镜也看不出特别的院落，如何能横空孕育出一位文学家呢？

陈旧的木格子窗里，是一个远去的时代。拍摄《红高粱》时，张艺谋、巩俐和姜文曾盘腿坐在炕上，吃着莫言母亲烙的抷饼。童年的莫言也曾在窗前，托着腮向往着明天能吃上一顿饱饭。他那细细脖颈上托着的大脑袋，已经盛着与其他孩子不同的想法了。

我们又去了孙家口，看《红高粱》中那座曾经炸死过日本军官的桥。

那桥是石板桥，鸭蛋绿的颜色，日本人的血也没能将它染红。新鲜的鸭蛋绿，仿佛大姑娘薄薄的脸皮，不经一敲。远远望去，也是平平常常，没有一点想要的古旧，让我沮丧地错认为它是重修的，好在四周的青砖房、棉花地、枯萎的秫秸、掠过树梢的寒风、牵着狗走过的老人……都在还原着当年的场景。

远处，哭灵似的茂腔传来，像对那场血战的诉说，又像莫言对故乡亦爱亦恨的回忆。这种土得掉渣的地方戏，人称"拴老婆橛子"，它在我们家乡一代广为流传，腔调高亢，吐字笨拙，却有种撕云裂帛的力量。有人厌它，有人爱它，皆因那一个"悲"字。那像从泥土胸膛里放出来的悲声，倾诉着疾苦哀怨，将悲剧氛围推向了极致，余音绕梁。

这年年底，莫言先生回老家过年，我们去他家拜会。

进门，一个挨一个地握手、寒暄；平平常常的沙发、摆设，落座之后，也并没有高大上的话题。平凡的人崇敬大家，就像小草仰望高山，抬着头，很吃力；而大家大到一定的境界，就会变得平实，甚至朝小草躬下腰来。

当年，那满脑秤钩似的问号已经随风飘散，化为云烟。我们没有谈作品，没有谈过往，只是在信马由缰中，让时光慢慢从纱窗上滑过去。只要这时光是与莫言一起度过的，就够了。

坐在面前的莫言是平和的，说话轻声细语，不愠不火，不像他的作品那么咄咄逼人，飞扬恣肆。他小眼睛扁鼻子阔嘴巴儿，一张生动而喜剧的脸。眼神也并不像鹰钩子那样凌厉，只是透着亮晶晶的睿智。他不大直视人，偶尔用余光那么一扫，那两束 X 光便像穿透了人的五脏六腑，让人不由得凛然一惊。那藐视一切的狂气和唯我独尊的霸气，便在他温和淡然的静坐中，隐隐透射出来。怪不得老家的人说：眼睛小的人闭着眼睛也能看事儿，他们胸有成竹，眼睛一睁一闭间便阅尽了世事百态。

"这个山东高密小子，骨子里藏有豪气、义气、霸气和匪气。"作家丛维熙如是说。

一个只有小学文化程度的人却成了举世闻名的作家，莫言无疑是个天才。小时候，他曾经长时间与牛羊为伍。他躺在野地里，嘴叼一根茅草英儿仰视天空的风云变幻，在孤独中任想象自由地撒野。他的灵魂，或许就在那时突破了牧童的身躯，飞到上空看到了神秘辽远的世界。羊儿在远处哀怨地喊着妈妈，牛在草棵里静卧，过河的女人坐在石头上洗脚，推独轮车的老人哼哼着着苍凉的茂腔——或许就在那时候，这看似无关紧要的一切，就一点一滴沁进了他每一个细胞。

莫言说："孤独和饥饿是我创作的源泉，这种饥饿状态决定我的人生态度，使我的艺术创作更贴近实际。"

读莫言，最模糊的是现在，最清晰的是童年。他对童年的描述让人惊心动魄，对他来说，最深刻的记忆就是挨饿，能吃上顿饺子，竟是他成为作家的原动力。苦难会毁了人，也会造就人。上帝赐给每个人一段坎坷的日子，好让他去成长。有的人就此沉沦了，有的人却从中吸足了养分，脱胎换骨，凤凰涅槃。

莫言谦逊地说，他只是遇上了好时候，当时一首诗一部小说就可以成就一个人。他的话平和得体，并不矫情，但我们都明白：一个作家能够脱颖而出，肯定是因为他的独树一帜，不同凡响。

信马由缰的闲谈中，天黑了下来，大家拉着莫言先生一起去吃晚饭。他犹豫一下，小心地问："我可以不去吗？"大家都不依，于是他也就穿上外套，幽默地说："好，我就跟着你们去犒劳犒劳！"

大家哈哈大笑，我的眼前却再次浮现出那座石板桥。桥上，"我奶奶"骑着小毛驴吧嗒吧嗒走过来，头梳得油光水滑，衣裤上开满绿叶红花，驴蹄上新钉的铁掌，在夕阳中金光闪耀。"我奶奶"满脸绯红，嘴角含笑，腰肢随着毛驴的节奏落落大方地扭着，极尽齐鲁女子的风情，眨眼间，便消失不见了……

让
·
雅
克
·
阿
诺
与
《
狼
图
腾
》

　　多年前，姜戎先生的《狼图腾》横空出世，被誉为一部狼的赞歌和挽歌，它打破了人们的惯性思维，引导人们去思考这样的问题：为什么草原马背上的民族，不崇拜马图腾而敬奉狼图腾？

　　2012 年，由法国电影大师让·雅克·阿诺导演的《狼图腾》正式开机，将"狼"这种人们心目中凶残而又神秘的动物变成了戏的主角。次年 9 月，我由北京赶到锡林郭勒草原，去拜会在此拍外景的阿诺先生，这位奥斯卡金像奖的获得者。

　　让·雅克·阿诺先生导演的电影感人至深，尤以表现动物的电影见长。他的《子熊的故事》《虎兄虎弟》曾深深震撼过我。在他的影片里，那些猛兽像原始之初的人类一样纯真无邪，甚至比人更具人性。他将人与自然、人与动物、动物与动物之间的关系，提升到一种常人难以企及的高度。

　　当然，阿诺先生的才情绝非仅限于动物，他导演的《情人》比女性导演的作品更细致入微，深入人心。它探入了人性最幽深复杂的角落，将原作者杜拉斯微妙的情感纤毫毕现地传达出来，将一段充满歧视与偏见、贫穷与富贵、欲望与情感的不伦之恋表现得唯美缱绻，摆脱了低层次的生理欲望，带给人凄美绝伦的感受，也让人铭心刻骨地理解了杜拉斯的那句话："我的孤独从一开始就注定要用一生来承担。"

在锡林郭勒草原连绵起伏的大山之间，电影《狼图腾》外景地，我见到了真正的草原狼。这些飘逸俊美的"狼演员"大概有 20 匹，由加拿大驯兽师训练后的它们虽然有链子拴着，仍不安分地窜来窜去，昂着头翘着尾巴，一脸的趾高气扬。

别看这些家伙如此目空一切，在阿诺导演面前却俯首帖耳。他们拥抱亲吻，彼此毫无戒备。据说，阿诺导演在接这个戏后，也是既兴奋又紧张，兴奋的是书中描写的知青下乡经历跟自己很相似——他 20 多岁时，曾经作为法国的知识青年被派到非洲草原；紧张的是，狼毕竟是危险的动物，他担心会像《虎兄虎弟》时将自己关到笼子里来拍。

他幽默地说："我希望在拍摄狼的过程中，能够活下来。这部戏里面关于人和自然关系的探讨很触动我。它其实也是通过狼了解人，因为狼是非常讲究团队合作的。"

《狼图腾》的民俗顾问南先生陪同阿诺深入牧民家中，体验原汁原味的牧民生活。满头白发的阿诺穿上肥大的蒙古袍，同牧人一道喝酒、吃肉，在马头琴和长调声中载歌载舞，感受一个民族特有的豪情与血性，开心得像个孩子："我忘记自己是法国人了，我以为自己是蒙古人！"

与狼共舞，实属不易。剧组为了安全起见，特意用铁丝网扎了一条长长的通道，驯兽师牵着这些神气活现的宝贝赶往拍摄现场时，我们远远地站在石头上观望，驯兽师示意我们躲远一点，不知是怕狼吓着我们，还是怕我们吓着这些自命不凡的家伙。

说实话，要不是隔着铁丝网，要不是这些家伙们脖子上拴着链子，我们也早就望风而逃了。

《狼图腾》告诉我们：在草原的天然食物链中，有狼的存在才得以维持生态的平衡，不至于使草原因过度放牧而沙化。千百年来，草原人遵崇着万物相依共存的自然观，即使对侵犯羊群的野兽也保持着适当的敬畏。然而现在，草原的生态环境遭受了致命的破坏，气候越来越恶劣。我深爱的浑善达克沙漠，就是一个令人痛心疾首的例子。

阿诺导演70多岁的老人了，一旦进入工作状态却精神矍铄，废寝忘食，像年轻人一样爬山登坡，早起晚归，不搞任何的"特殊化"。对这位严谨敬业的老人，剧组的人都充满敬意。而他的环保意识，更令人敬畏。在拍摄现场，他不允许任何人留下一个烟蒂，一个纯净水瓶子，若有任何破坏性行为，直接开除。

十月一日，是阿诺先生的生日，可我因事急着赶回北京，错过了给他庆贺的机会，也来不及为他准备礼物。

我只能在心里说：尊敬的阿诺先生，我为错过您的生日宴会而遗憾。我在您作品中汲取的营养，比我在现实中苦寻多年得到的还多。我庆幸今生能与您的电影相遇，并在我深爱的锡林郭勒草原与您相见，拉近了心灵的距离，也离电影艺术更近了一步。草原已是草木萎黄的秋天，但艺术的殿堂无秋无冬，它永远是繁花似锦的春天！

2009 年 8 月 20 日凌晨，在安徽合肥的一个人工湖边，一位散步累了的老人倒在了长石凳上，当保姆樱桃带着他心爱的两条狗赶到时，他已经沉入永恒的睡眠。老人生前曾说最理想的离世方式，就是坐在湖边石凳上，在老狗的陪伴下睡去。他与这个世界的告别，与生前憧憬的几乎一模一样。

他就是我国著名剧作家、一代电影大师沈默君先生。在他的追悼会上，无数观众从全国各地自发赶来，为他送行的车队在合肥大街上浩浩荡荡。国家广电总局用"人生如戏，戏如人生——送别大师沈默君"的评价，概括了他戏剧性的一生。

他的电影，曾占据中国军事题材电影的半壁江山

沈默君是我的恩师，笔名迟雨，被誉为中国的西蒙洛夫，与作家沈西蒙、音乐家沈亚威并称为"三沈"。

他编剧的电影，曾经占据中国军事题材电影的半壁江山，并创造了连获 3 次大奖的奇迹，风云一时：《渡江侦察记》开创了中国军事题材

惊险影片的先河，获文化部优秀故事片一等奖；《南征北战》是新中国第一部战争史诗巨片，也是 1951 年全中国投拍的唯一一部影片；《海魂》明星荟萃，获捷克斯洛伐克电影节二等奖 。

电影给沈默君带来了巨大的荣誉，狂放和恃才傲物的个性却让他吃尽了苦头：特殊年代，大会批小会斗，还要做些莫名其妙的检讨。他没啥可检讨的，就发挥他嬉笑怒骂的本事，说他不该做梦吃红烧肉——很多老百姓连肚子都填不饱，扫厕所的阿姨刷一个马桶才赚两分钱，他不该这么奢侈吃红烧肉，做梦都不可以……

检讨完了，他照样一横一横地走路。他这人就这样，天不怕地不怕，一根肠子通到底，洒脱不羁却又铁骨铮铮，宁折不弯，他写螃蟹的对联，简直就是他自己的写照："进也罢退也罢，老子横行；蒸也好煮也好，死也硬气。"横批："天下第二蟹"。

北大荒，突如其来的噩梦

正当沈默君的创作如火山迸发时，那场突然袭来的风暴，却将他发配到了荒寒的北大荒军垦农场，妻离子散。那年，他才 33 岁。

有人曾如此描绘北大荒的劳教岁月："住的土房四壁透风。屋顶漏雨，外面大下，里面小下；外面不下，里面滴答。从房草间隙曾掉下青花蛇，睡的铺位，稍一翻身便被邻居挤占，常闹'边界纠纷'。大尉作家沈默君曾戏说：我在北京家住 14 间房，现在只有 55 公分。我干吗要争这一两公分呢。"

严酷的现实，仍磨不掉沈默君的棱角，他依旧嬉笑怒骂，口无遮拦，活脱脱"蒸不烂，煮不热，锤不扁，炒不爆，响当当的一粒铜豌豆。"

有一次，他给一条狗穿上军大衣，赶着它在农场到处跑，以这种啼笑皆非的方式宣泄内心的悲愤。他本来就有哮喘，长时间的营养匮乏又使他得了浮肿病，病得连迈出门槛都困难。躺在病房里，耗子们如入无人之境，公然跳出来打打闹闹。有人来探望，他悲愤而痛切地说："都是黄泉路上的人，还有什么好看的呢？"

我曾经问老师：你为什么要给狗穿上军大衣，难道真是为宣泄不满吗？他捧着小茶壶，笑嘻嘻地说："哪有的事，我就是觉得那样好玩嘛。"为了好玩付出几乎被斗死的代价，只有他敢于跟命运开这样的玩笑。

后来，老师在北大荒巧遇长影导演苏里，有了重返影坛的机会。不久后，他的《自有后来人》便在长影的小白楼里诞生了，随后又被改编成现代京剧《红灯记》，成为那个时代的象征和一代人爱恨交织的记忆。

而谁能想到，正当这部戏如火如荼上演时，它的原作者却在安徽枞阳默默地接受改造。一部无人不晓的《红灯记》对他来说不知算是荣誉，还是耻辱？

枞阳，落魄岁月中的温暖

老师在枞阳县文教局做创作员时，一家人都要靠他每月57元的工资过活。没有菜，到市场买3分钱一个的孵蛋用盐一腌，已是待客的佳肴了；没有烟抽，就打发孩子到电影院捡烟头，拆开晒干卷成纸烟，抽得津津有味。他还对朋友戏称他家的伙食不错，顿顿"三菜一碟"——青菜梗炒青菜梗、青菜叶炒青菜叶、青菜梗炒青菜叶，外加一碟辣椒酱。

冬天，雪下得特别大，却没钱买煤，老师只好将压在箱底的天蓝色呢大衣拿到旧货商场寄售，那还是他1956年为陪同来访的巴基斯坦电影代表团在王府井定做的，只穿过一次，可惜摆了几天无人问津，只好又拿了回来。

老师虽是一介书生，却出奇聪明，生存能力极强。他自己动手改造了煤炉，既不会熄灭，又省煤。在北大荒劳改时，人家要盖一排猪圈，他自告奋勇设计了一套安徒生童话中那样的欧式尖顶红房子，令人啼笑皆非；在长影时，他到道具车间跟人学会了木工活。在枞阳用的家具，都是自己打造的，据说到现在还有穷朋友家用着他做的家具，结实得很。

老师是那种坎坷中见风流、落难时仍霸气的男人，无论怎样的困境，也不肯屈尊附就，奴颜媚骨。都说虎落平阳被犬欺，可他这个落魄人在枞阳城走路照样一横一横的。小儿子乓乓在学校被人欺负，他前去破口大骂，无人敢探头应声

毁灭性的灾难没有摧毁老师，又换了另一种方式，好像不把他置于死地不罢休：他再婚的妻子撇下刚出生不久的儿子乓乓撒手人寰，他又患了严重的胆囊炎和胆结石，经常疼得在地上打滚。他只好把两个儿子交给老母亲，自己到芜湖治疗。手术时，他的血压几乎为零，稍一疏忽就可能丧命，他觉得必死无疑了，便交待说："我一无所有，只有两件毛线衣，留给我的两个儿子一人一件吧。"

谁知，手术竟然成功了，好友的母亲杀了家中唯一的老母鸡为他补养身子，多年后他还对那只老母鸡感恩戴德。身体一好，他又恢复了豪迈乐天的本性，身边很快聚集了一批引车卖浆者流。他们时常在涂姓人家的花圈店里谈天说地，苦中作乐。说来也怪，只要他去了，花圈店的生意就特别好，店主老涂一高兴就买盐水鸭犒劳他。

见他活得落魄清苦，朋友们便凑了笔钱让他去北京求个情，但他岂

是肯低头偷生的人？他勃然大怒，将众人臭骂一顿，从此便没人敢再提这事了。无论何时何地，他都是清醒的，他不肯出卖灵魂更不会贻害他人，他以一种不卑不亢、嬉笑怒骂的形式，坚守住了一个剧作家的良知和操守。

合肥，睿智天真的晚年生活

暴风雨终会停息，老师终于熬到了平反的这一天。他被调到文化部剧本委员会任创作组组长，又创作了《台岛遗恨》、《孙中山与宋庆龄》《死亡集中营》等多部影片，并出版了电影剧本集《孙中山广州蒙难记》。

离休后，他定居合肥，绚烂之后归于平淡。但他仍然很"牛"，崔永元主持的《电影传奇》要采访他，他说："我年纪大了，要来你来。"结果，摄制组真的赶到了合肥。面对着镜头，他横眉怒目地底气十足地说："当年在北大荒那个时候，我还是有激情的。"

我与老师的相识，也颇为传奇。他在一个招待所看到一本载有我作品的杂志，就费尽周折找到我，将一部电视剧的创作任务交给了我。他身材高大，一横一横地走路，显得笨拙、迟缓却又霸气。我给他拍了一张挂着拐棍坐在沙发上的照片，气场强大，我说他像二战时的丘吉尔，他响亮地回答：谢谢！看过我写的剧本后，他惊喜不已，直截了当地说："你真是不出于蓝但胜于蓝啊，老朽不知是否有这个福气，收你做我的关门弟子？"

老师在发现我这个"文学青年"后，对我寄予了厚望，他说："我很庆幸在有生之年发现了你。我们都曾经年轻过，但都没有你的才华。年轻人，好好努力，总有一天，你会成为我的骄傲。"

那些日子，他沉浸在发现我的兴奋里，他坚信自己眼睛很"毒"，看人绝不会错，见到老战友就将我炫耀一番，说他发现了一位前途无量的女才子。

　　老师既是一位智者，又是一位老顽童，他睿智天真，妙语连珠，上至耄耋老翁下至3岁孩童，没有不喜欢他的。他年轻时嘴巴就爱吃、爱说，爱过很多人，也负过很多人，一身宛若孩童的潇洒旷达。有人说，他是一个越老越散发着无穷魅力的人。

　　有一阵子，一个老太太瞅准了他散步的时间，天天在小区门口等他，拄着拐棍儿给他朗诵《诗经》，他吓坏了，只好改道以躲避。我们都笑他有铁杆粉丝了，他却坐着沙发上唉声叹气，那认真的样子把我们笑得要死。

　　老师喜欢看《大明宫词》，因为它浪漫而诗意；还有《闯关东》，他说这个戏张教授爱看，王大妈也爱看。他说他的《红灯记》翻拍的就不行，看的时候保姆樱桃都在沙发上睡着了，老百姓不爱看的戏，怎么会是好戏呢？

　　老师走遍大江南北，见多识广，他的好吃嘴馋是出了名的，最爱吃的是鸭子，什么盐水鸭烤鸭清蒸红烧，变着法儿的吃。师母说他跟鸭子有仇，他吃过的鸭子能绕地球一圈了。要是找个画家画一群鸭子，中间坐个笑嘻嘻的胖老头，该多有趣。

　　老师顿顿少不了荤，我却爱吃青菜，一闻见樱桃在厨房里做菜的油腻味道就反胃，更头痛的是老师还要不停往我盘子里夹肉，说：看你写出那么好的作品，是要补脑子的。再顺手夹一块肉，扔给脚边的那两条父子狗——多多和吴老四。

老师每晚 9 点半准时在浴缸里泡澡，还要"啪啪"地拍打肚皮减肥。巡逻的保安听见有动静，却找不到声音的来处，于是那阵子小区里到处盛传闹鬼。樱桃出去遛狗回来，将这个奇闻讲给老师听。此后，那夜夜 9 点半的"闹鬼"声就销声匿迹了。

老师对一切新生事物充满好奇，像个孩子似的渴望到处走走。看见车就问价钱，雄心勃勃地要买辆车，雇一个女司机拉着他游山玩水，再到他曾经劳改过的北大荒去转一转。问他为何非要雇一个女司机呢，他笑嘻嘻地说："女司机好啊，有事我就打电话呼她，没事她就在家纳鞋底子！"

大家都笑翻了，他也豁着掉光了牙齿的嘴，笑得像个慈眉善目的老太太。

一代大师最后的岁月

作为老师的关门弟子，我对他的很多经历了如指掌，却对他的艺术成就望尘莫及。

说起往事，老师总是轻描淡写，谈笑风生，再残酷的细节到他嘴里也变成了笑谈，那些大喜大悲、大起大落的经历，在他的嬉笑怒骂间鲜活重现，叫人时而会心一笑时而却辛酸得想流泪。历经了那么多背叛和明枪暗箭，他依然乐观，从不抱怨。

我去看他，打电话问带点啥，他大声旗鼓地说："啥也不要，你给我带 10 斤山东大葱。"我要给他带海参，他说："那就带海参崴的，其他的不要。"结果带去后，海参没见他吃，倒是大葱让樱桃切得一段一段的，顿顿端上来，搞得阿姨掩鼻唯恐躲避不及。吃葱的嗜好，还是他当年在山东打仗时留下的。

老师自称南蛮子，称我和狗狗吴老四是北侉子，因为吴老四也爱吃馒头，不爱吃米饭。每天吃完饭，我俩就坐在饭桌旁开聊，一聊就两三个小时。多多和吴老四也趴在桌旁，听得津津有味。他是个没有隐私的人，你不问，他也要主动坦白，将自己剖析得体无完肤，却没听他说过谁的坏话，即使那些曾经将他整苦了的人。

老师不太出门，却思想前卫，遍知天下事，只是晚年怎么也不肯动笔了。他很瞧不上写传记的人，说那就像小狗撒了尿，再跑回去闻闻。

老师爱做白日梦，还起了一个浪漫的网名：微笑的梦。他说有梦的人是不会老的。每天午饭后，他都要坐沙发上打个盹，旁边放着小泥壶，胖手里托着摘下的假牙，手背上的豆窝里，盛满午后的阳光。多多和吴老四伏在他的脚边，发出香甜的鼾声。

每当这时，我就有些伤感，看着他摘去假牙而凹下去的双腮，我黯然地想：老师真的老了。

老师一生天不怕地不怕，但到最后很怕死，他说他还有很多事情要做，还有太多遗憾需要弥补，怕来不及。那阵子，目睹老友们接二连三地从医院去了天堂，他吓坏了，不时打电话给剩下的老友："你怎么样啊，怎么还没去医院啊？"搞得人家一接到他的电话就战战兢兢。

2007 年秋，他生了一场不大不小的病，心脏也出现问题，住进了医院，他慌忙打电话问我："我是不是快要死了呀？"我不客气地数落了他一顿，又哄孩子似的举了很多例子，来证明他会活到一百岁。他半信半疑，仿佛命运掌握在我手里，在电话那头可怜巴巴地说："那就这样吧，记着常来电话啊！"我给他寄去了护心卡，他好了疮疤忘了痛，一转身就给了一位心脏同样有问题的小保姆。

老师的思维还是那样无懈可击，声音也底气十足，连打个喷嚏也惊天动地。可是他真的老了，他高大笨拙的身躯在客厅挪动时，一颠一颠的，一条腿长一条腿短的样子，肩膀也是一边高一边低。不知他每天早上挂着拐棍在湖边散步时，是否会从湖水中看见自己老态毕现的模样？

老师离世前的一天，还与我通了一个长长的电话，说很久没看到我的文章了，说总有一天我会成为他的骄傲。我答应尽快去看他，他自信满满地说：放心，我活到90岁没问题，90岁以后就不敢说了。

没想到这个电话竟成了永诀。老师没信守自己的承诺，随随便便地举着死神的请柬就走了。

接到电话，我连夜登上了去合肥的火车。从北京到老师家的距离，像一生那样漫长，我在火车的颠簸中恍惚睡去，分不清是梦是真。下了火车，拖着皮箱走在长江西路上，细雨如愁，物是人非，仿佛前生后世。我知道失去了老师，今生的我将更加坎坷孤单。

走到老师家的窗前，一看见他的遗像在簇拥的白花间朗笑，我就忍不住泪如雨下。老师还是那副睿智天真的模样，仿佛他青铜色的笑声从天堂传来，震得满室的花颤动不已。这里的每一个角落，分明都还留着老师的气息和余温。

在我献给老师的花圈上，写着这样的挽联：密州拜恩师情深意重，乌江写楚汉教诲永记。

老师离去后，我病了一段时间。我没有想到，老师的离世带给我的悲伤是如此巨大而绵长。

老师最终葬在了安徽枞阳，他落魄时包容接纳了他的地方。墓碑后面，刻着儿子乒乒对他的评价：父亲的命运与共和国历程相交而织，其沉浮沧桑，无不折射出民族命运的走向；父亲的人生道路是一个赤色知识分子的艰难跋涉，充满太多峰回路转，惊心动魄，刻骨铭心。

　　一个时代就这样远去了。欣慰的是，老师是为数不多的笑到了最后、并以自己向往的方式向这个世界告别的人。

沉闷的灯光下，一幅幅时代变迁的图景，在墙上诉说着沧桑；一张张剑眉星目的面孔，穿透历史的烽烟望向未来。他们西装革履，气宇轩昂，浑身散发着掩不住的书香与贵气，纵然隔着近八十年的时光，那烁烁目光的穿透力依然令人惊叹：为什么那时的人，眼睛如此明亮有神，如刀如剑？

——2020 年 9 月，浙江省泰顺县司前镇，来自北京的作家、摄影家采风团，在参观国立英士大学遗址博物馆。

英士大学创建于 1928 年，是一所综合性国立大学，它在世上只存在了 11 年，因为战乱被迫辗转各地，不停地颠沛流离，但它坚守着"辟一新境界，开一树美丽的花果"的信念负重前行，培养了大量人才。英士大学在泰顺只有两年，却堪称泰顺版的"西南联大"，为当地留下了珍贵的文化种子。

博物馆里，珍藏着英士大学师生营救美国飞行员奎英隶的资料照片。1944 年 4 月，两架盟军轰炸机在途径泰顺上空时，奎英隶驾驶的飞机被日军机枪击中，只好弃机跳伞。他背着降落伞挂在一棵大树上，手拿着枪哇哇大叫。村民们不知道这个红头发的外国人说的是啥，忙喊来了英士大学的师生们。大家齐心协力将他救下，安置在学校里。奎英隶不吃米饭，学校就天天派人到村民家买鸡蛋，做荷包蛋给他吃。

灰暗的墙壁上，一首泛黄的小诗突然闪了出来，仿佛微风吹过沉闷的空气，墙壁也随之亮了起来：

"看墙上流水瞅着你，

掠过笑影而去。

百转千回都不要，

你说一句话语。

俯视流水去百丈，

回头忘了问她：

你去了回不回来？

再远望那边，

流水流着嬉笑，

流去那岸边一树桃花。"

小诗带着民国独有的韵味和气息，一下击中了我，仿佛我就在这首诗描绘的情景中活过、爱过，站在那一树桃花下问过远去的人：你去了回不回来？作者署名英士大学校友蒋风，写于泰顺司前回澜桥上。我急切地想了解这个人，了解这首小诗背后的故事。

然而，半个多世纪过去了，写诗的人是否还健在？他追问的那个随着流水而去的人，回来了没有？

耐不住博物馆的潮湿闷热，作家们开始陆续往外走，而我却孤注一掷地奔过去找解说员，揪着一颗心问她写诗的人是否还健在？旁边的人奇怪地瞅着我，毕竟那是一段太久远的历史了，就像追问昨天的月亮是否还悬挂在今天的天空一样，我的追问无疑有些好笑。

没想到解说员回答："还健在。我们遗址博物馆开馆时，他老人家还来过。"

"他是谁？现在在哪儿？"

"他是浙江师范大学原校长蒋风，现在在杭州。"

我心里一块石头落了地！那种不可思议的侥幸感，令我像中了彩票的孩子，欢喜得不知怎样才好。我仿佛看见一位戴着眼镜、精神矍铄的老人正坐在夕阳中，在回忆里静静地微笑着，审视着我们今天自由而又浮躁的生活。

解说员说，蒋风先生来参加开馆仪式时，曾经有人问他，这首小诗表达的是什么？他回答说，是一种朦胧的恋情。是的，朦胧。对那个时代的人来说，一切都是朦胧未知的：婚恋，家国，前程……有多少渴望，就有多少迷惘，所以那时候的诗歌，都有一种韵味，一种激扬而又惆怅的伤感，却又纯真清澈。

我爱那种韵味，那种气息，那一代风华正茂中西合璧的年轻人。可惜，英士大学已消失在历史的云烟里，只留下一座遗址，提醒人们不要忘记。

走出博物馆前，最后回望那些目光灼灼的面孔。为什么他们的眼睛如此有神采？因为他们的灵魂在闪光。在那一双双眼眸中，有着现在几近消失的光芒。

回京后在网上查阅，方知写诗的蒋风和我一直崇敬的名家蒋风原来竟是同一人！我一时有些恍惚，难以置信却又瞬间豁然开朗，世界怎么这么小，又这么巧？原本以为小诗作者已经湮没在时光中无从追寻，未曾想从英士大学走出来的人，注定非同凡响。

蒋风，中国儿童文学理论奠基人、教育家，国际格林奖获得者，这是儿童文学理论的最高奖项，与国际安徒生奖齐名。颁奖词这样评价："蒋风把中国儿童文学理论提升到了世界级的水平。"

如此如雷贯耳，只因为横跨时代并且作品风格迥异，竟没有想到竟是同一个人。

我迫切地想找到蒋风先生，向他表达我的敬意，并追寻这首小诗背后的故事。几经辗转，才在杭州老诗人董培伦的帮助下，找到了他的联系方式。我拨通了他的电话，一时间恍然如梦。此时的蒋风先生已经九十五岁，住在故乡金华。

穿越半个多世纪的沧桑，蒋先生的记忆重新拉回了那段战乱的岁月——

金华沦陷后，蒋风随着逃难的人群走了一个多月，走到福建，考取了东南联大先修班。他和家人断了音讯，家里六口人，分别在四个地方逃难。他孤零零的一个人，毫无经济来源。为了继续读书，一度不得不去读公费的农学院畜牧科。

大学几年，日本人的炮火一直追在后面，即便如此，他求知的渴望依旧强烈。1943年，这个戴着深度近视镜的年轻人又考取了英士大学。此时的英士大学恰好搬到了泰顺，他在那里只读了一年。前程未卜，他有点儿迷惘，为寻求安慰，天天泡在图书馆里读书，还在校组织了"远方文学社"，那首小诗中的人物，便是他苦闷时的一种寄托。

他说：那年代的年轻人是有追求的，但都有点儿茫然。英士大学后来搬到温州，学生陆续都跑光了，跑去参军保家卫国。而因为参加学生运动，他还上了77人的黑名单，差点被枪毙……所以他说："我的生命是捡来的，我能够活下来非常幸运，非常偶然，这让我在后来的生活中几乎与世无争。"

抗战胜利时，蒋风写了童话诗《落水的鸭子》讽刺汉奸，发表在浙江的报纸上，由此与儿童文学结下了不解之缘。

2011年，他在国际格林奖的获奖感言中说："中国儿童文学有今天的高度，不是我一个人的功劳，是多少代人的努力。"为鼓励儿童文学作者，他将100万日元奖金全部捐出，成立了"蒋风儿童文学奖"。

电话中的蒋风先生声若洪钟，思路清晰。他说他愿意帮助年轻人，尤其是从事儿童文学事业的年轻人，只要找到他几乎有求必应。我能感受到他作为园丁，将种子撒下去，然后看着满园子的花姹紫嫣红开起来的那种喜悦。一代代人成长起来，而他坐在高处俯瞰着，慈祥、欣慰、满足。

蒋先生说："我今年九十多岁了，应该算得上是个老朽了，但是我的心态却是个90后，简直像小孩子一样，有着做不完的梦。我把每天的生活都变成梦想，又把梦想一一变成现实。这些梦想几乎都与儿童文学有关。"

闻听我是从成人文学创作的领域转到儿童文学的，他十分欣慰，说："你多才多艺，文学功底扎实，你能转到儿童文学领域，是孩子们的荣幸，希望你能为儿童文学发展做出贡献。"

蒋先生亲手为我的新书《蝴蝶王国》写了推荐语，此后我才知道，他的视力已经很差，无法想象他是如何一笔一划写下这些文字的。我给他寄去了进口眼药水，方知那对他的眼睛已经毫无作用。

一晃几年过去，蒋先生已经整整一百岁了。他希望我能根据他的故事写一本书，而我总觉得对他的了解还太肤浅，怕太轻的文字承载不起他的重量。我有了一种紧迫感，我想尽快去看望他，听他亲口讲述一生的传奇。

一首小诗引出一段跨世纪的故事，也让我和蒋风先生成为了往年之交。我不知这是一种怎样的奇缘，但我要尽快将这本书完成，让蒋先生实实在在地捧在手中。如此，我们这对忘年交的缘分才算是真正的圆满。

被影视圈低估的苏可

几年前，我们相约去北京电影学院。我一路赶到学院门前时，已经迟到了几分钟，心中暗暗自责。他站在门前等我，大口地抽着烟，身材消瘦修长。当时不明白这么帅的人为何烟抽得这么凶，后来看了他演的戏，才明白抽烟或许本身就是男人"帅"的一部分，况且他抽烟的姿势还那么潇洒。

他就是苏可。曾经的中戏"校草"，如今的中戏老师，知名演员。那次相约，是为了我尚未拍摄的电视剧《霸王别姬》，除了苏可，还有我们共同的好友——演员张立，北影导演系主任王瑞。

我们坐在王瑞导演的办公室里，热火朝天地聊了整整一个下午。都是对楚汉那段历史情有独钟的人，据说王导研究项羽有二、三十年了，而我也曾经沿着楚汉战争的足迹行走，将六年的光阴抛给了那段遥不可追的历史。他们三个都抽烟，成功地在斗室里制造了烟雾弥漫的氛围。我们仿佛一同穿越回到了楚汉，为某个话题争论着、激动着，试图为那些千古的谜团找到开锁的钥匙。

那时的苏可话语不多，温文尔雅。在这之前，我刚刚完整地看完了由他主演、王瑞导演的电视剧《非常诊断》，是张立的推荐，他与苏可多次合作，对他的人品及演技赞不绝口。他说，尽管《非常诊断》是很早的作品了，但当时能拍出这样的电影，他觉得很牛掰。张立给我推荐电影时总是很小心，所以少而精，印象中除了《非常诊断》，还有《小鞋子》《角斗士》《哈喽，树先生》等。

苏可在《非常诊断》中饰演的沈知鱼，气质清冷，有几分酷似吴彦祖。看的时候，只是觉得这样好的演员不火没天理，但对他的演技还缺乏认识，更没有被他的演技给惊着。

第一次被惊着是在电视剧《一代枭雄》中，看到他与张立、孙红雷的对手戏，犹如惊鸿一瞥。只觉得此人面熟，竟一时没有认出是他——那个曾经在北影门前抽着烟等我的身影。

苏可像灵魂附体一般演活了典狱长沙里宾这个角色：凌厉酷帅的身影透出巨大的磁场与威慑力。据说典狱长站在监狱屋顶将枪支在手臂上射击的镜头，曾经迷倒万千少女。

"陈数"前来探监，典狱长看似随意地坐在一旁，慵懒、寂寞，令人拍案叫绝，很少见到一个人能用如此自然的肢体动作，将内心深处的孤独表现得如此优美。苏可的演技，在此出神入化到了近乎妖，他的形体动作甚至可以用风情万种来形容——别误会，不是贬义，是实在找不到词来形容那种极致到物极必反的感觉了。

个人认为《一代枭雄》最精彩的就是监狱部分，极致环境下的人物关系，既透视出人性的残忍，也闪耀着人性的光芒。尽管典狱长看似面无表情如同机器，但其内心及背后的丰富情感，足以令人敬畏。

像武侠高手的化剑于无形，苏可的表演看不出表演的痕迹，却隐藏着惊人的爆发力——先于思想而迅速行动起来的爆发力，比闪电还要快的爆发力，仿佛一根芯子不经点燃便引爆了一座火山，令人猝不及防，却又震撼得人瞠目结舌。

"任何事情到最后结果都是好的，如果不好，就是没到最后。"

这是《一代枭雄》中典狱长的经典台词，剧中他还说"时间可以成全一切，也可以毁灭一切"，让人不得不揣度这个人物到底经历过什么，在看似冷酷无情的外表下，究竟有一颗怎样滚烫炽热的心？

再次被苏可惊着，是在《扫黑风暴》中，这次他自毁形象化身为脸上一道疤的大江，那条疤如蜈蚣般纠缠在他那张原本清秀的脸上，令人触目惊心。

大江曾在微博引爆多个过亿的热点话题。这是一个令人心疼的悲剧角色，从小在福利院长大，因为举报了一个犯罪团伙被报复毁容，从此变得懦弱自卑，而总是拿着的粉红色塑料杯，却暴露了他那颗粉红色的少男心，爷们的血性也一直涌动在他的胸膛里。大江为保护证人与杀手同归于尽后，痛不欲生的网友们纷纷涌到证人扮演者周晓鸥的微博下，质问他为什么不救大江？

现实中的苏可文质彬彬，令人完全无法将他典狱长和大江联系到一起，这两个角色或冷酷如同机器，或爆发令人猝不及防，干净利落中透出无比的狠劲儿，却有一颗正直善良的赤子心，坚硬如铁又脆若水晶。

人们提起苏可时，总爱说他是孙红雷的师哥，邓超、杨烁、王凯的中戏老师，却很少想到他本身也是一位演员，他的演技比起谁都毫不逊色，只是他的低调掩盖了他的光芒，他那张年年保鲜的脸掩住了他老辣的演技。

苏可的演技被低估了。他有自己独特的表演风格与精神气质，不经意间流露出的忧郁中，蕴藏着巨大的张力。私下里认为，与苏可同台飙戏需要相当的勇气，因为他"稳、准、狠"的演技能在瞬间将对手秒成渣渣。

在一次次被苏可的演技惊着后，有一天又突然发现，他就是《三国演义》中掰着手指细数刘备辈分的那个少年皇帝——汉献帝，这个镜头一直烙在脑海里，却没想到竟然也是他。

苏可的脸上一直保持着一种少年气。而最不可思议的是，这种少年气还会在瞬间转化为满目沧桑，沧桑中写满了遭遇与劫难。在这张既年轻又沧桑的脸上，不断演绎着雷电风雨。

他还如此年轻，却仿佛已经老了；他仿佛已经老了，却分明如此年轻！

回想起那次，我们离开王瑞导演的办公室，在灯火阑珊中去一个小店吃饭。画面还停留在那一刻，而恍惚许多年已经过去了。有时会遗憾苏可还不够火，但转而一想，他有如此演技，火不火的对他来说还重要吗？

翱翔在历史的天空之上

有人说：集莎士比亚所有悲剧的总和，也赶不上中国的"霸王别姬"。这话或许有些夸张，或许失之偏颇，却也从一个侧面反映出"霸王别姬"这段历史在人们心目中的重量。

两千多年过去了，霸王别姬的故事依旧妇孺皆知，并且一再被传说演绎，轰轰烈烈地在舞台上上演，但有关它的话题却从未让人厌倦。连时光也会苍老，连英雄也会过时，但有一些故事，越是历经了沧海桑田，就越被世人津津乐道。

因为，在没有英雄的时代里，我们实在太寂寞。

在戏曲舞台上，《霸王别姬》《赵氏孤儿》《窦娥冤》等曲目无疑最能代表中国悲剧，虽然西方人认为中华民族没有真正意义上的悲剧，因为每部作品在结尾时，都拖着一个光明的尾巴。

我从来没想到会有这样一个机会，去书写楚汉那段金戈铁马的历史，并将它写成一部四十多集的大戏，但命运却将这样一副重担压在了我肩上。这对我来说，如同让一只蚂蚁去拉动一辆战车，但我的恩师——著名剧作家沈默君先生的一句"我相信我不会看错人"的话，却把我硬生生"逼"上了梁山。

老师说："我觉得这部戏非你莫属"。我知道我已经没有退路了，便把心一横，沿着楚汉战争的足迹行走，挖掘民间传说，搜寻历史资料，拜访历史学家。行走寻觅，使我发现了很多被埋没的历史及传说，为架构这部戏打下了基础。

写古装戏很难，如果不想戏说，就必须既忠于历史又推陈出新。基于对那段历史的理解，我力求对剧中的人物行为有更合情合理的解释，又与以往约定俗成的观点有所不同。

我不希望塑造一群脸谱化的形象，即使一个只出现一两次的小人物，也要个性鲜明。我相信只有全新的人物，全新的切入点，全新的思考定位，一部戏才有诞生的意义，存在的价值，而如果不能与剧中人感同身受，便不会有栩栩如生的细节，更不会有震撼人心的力量。故事可以虚构，但一个"情"字却必须真实。

与以往的影视作品不同的是，剧本用了全新的视角——以项羽深爱的女子虞姬的叙述来展开故事，使之在刚柔相济间找到一种平衡，于是矗立在眼前的形象，便不是局外人眼中笼统的线条，而是更加地有人情味。当然，连同性格的缺陷与弱点也纤毫毕现。

剧本没有按以往的套路，用项羽短短一生经历的几大战役为主体构架故事，而是写了一代枭雄的成长，从项羽大喜大悲的出生，直到他荡气回肠的自刎。这其中也包括了他的对手们——刘邦、韩信的成长及秦国大将章邯、王离的变化及命运。

在以往同类题材的作品中，几乎都没有写到项羽的童年，似乎一生下来他就顶天立地了。而这部戏却从项羽的出生开始，因为他内忧外患的童年经历，直接决定了他的性格及命运。

项羽似乎就是为灭秦而生的，从六岁开始的贵族嗣子教育，影响了他的一生。虽然在推翻秦朝的过程中他挣脱了儿时教育的束缚，但他最终还是在"杀身成仁、舍生取义"的观念下完成了人性的复归，这是我在挖掘研究过程中得出的结论，也许和以往对他的评价与认识相悖。

有关项羽童年的故事，在他的故乡宿迁广为流传，比那些虚构的情节更温暖动人。童年时代国破家亡的阴影，缺乏爱和温暖的遭遇，导致项羽性格的缺陷，这也使他形成了英武又纳言、柔情又残忍、勇往直前又瞻前顾后的矛盾人格，少时流浪的经历，使他眷恋故乡，至死都渴望回到江东去，听到苍凉悲怆的楚歌，他会热泪盈眶。在世人眼中，这是胸无大志的表现，但那份浓浓的家国情怀，难道不值得人动容吗？

在人物塑造方面，我尽量突出其个性特征，将笔探到人性的幽微处就会发现：每个人都是相依又相搏的矛盾体，没有真正的恶人，也没有绝对的正义。高大上的人物并不真实也不可爱，血肉丰满的人物必须是立体的，从不同的侧面看有不同的棱角。

项羽，这位打起仗来一马当先、势如破竹的枭雄，却有着极其天真甚至幼稚的一面，与刘邦相比，他只能算是一个天才的军事家，却不是一个成熟的政治家。剧中的刘邦是既虚荣又义气，既粗犷又智慧，既无赖又不失可爱，既不择手段又雄才大略。他深谙人情世故、民间疾苦，善察言观色，圆熟狡猾，却也不失是位能屈能伸的大丈夫。

贵族出身的项羽从小就有使命感，反秦复国就是他活着的意义。作为一名将门之后，他似乎别无选择。而刘邦作为地方的一个混混，尽管好吃懒做不事农活，却也自有他为人处世的一套，所以他能在乱世中逐渐确立远大的人生目标。项羽起义时年仅24岁，而刘邦48岁，但这不影响他们各自突飞猛进的人生进程。两人一度并驾齐驱，但不同的出身、性格、目标导致他们很快分道扬镳，成为政治死敌，争夺天下。

在以往的观念中，项羽是一介胆大妄为的逆天莽夫，但他终究是一个贵族，从小受到良好的教育。为了复国大业他也懂得忍让与进退，并非只是一意孤行，一条道走到黑。

如：反秦时期，项羽面对秦将章邯的态度。为早日杀到咸阳，他能压抑着复仇的怒火，接受章邯的投降。这对嫉恶如仇的他来说其实很难，但他几经挣扎后还是做了决定，说明他有立场也有胸怀；而当他听说叛军要谋反时，怒不可遏，下令实施了残酷的坑埋，却并没有借机加害章邯（因章邯并不知情），残忍中仍保留着守诺重信的一面。

项羽与王离是世仇。王离是秦国大将王翦之孙，当时六国有五个国家是王翦父子灭掉的。项羽的爷爷项燕在与王翦的交战中兵败自刎，多年后，项羽又与王翦的孙子王离沙场相遇，两人同样年轻气盛不可一世，同样高贵自负所向披靡。这里面包含着极为复杂的情愫：两位敌对国的顶级英雄，既相互不服气，又暗自惺惺相惜。这样势均力敌的对手，何等珍贵。

王离战败了，项羽选择放他一码，而王离觉得这是对自己的侮辱，毅然选择举剑自刎，让项羽转瞬失去了对手。世代恩怨被惺惺相惜的英雄情怀所取代，留给人无尽的叹息。

最有可比性的是项羽与韩信。两人年龄相仿，都是军事天才，又都曾经出身贵族。但迥然不同的个性，决定了他们迥然不同的结局。可以说，最后的垓下决战，其实就是项羽与韩信的博弈。韩信，这位项羽帐下曾经的执戟郎，几十万诸侯大军的总指挥，变成了他最致命的对手。

有人说，项羽当初不重用韩信，是因为他出身低贱，我却宁愿相信：是项羽宁折不弯的个性，使他对一个甘受胯下之辱的"懦夫"不屑一顾。这也正是项羽的局限，他嫉恶如仇，做不到能屈能伸，也看不到一个忍辱负重的人真正的潜力。对曾经有"盗嫂"行径的陈平、嗜杀如命的黥布，这些有污点和骂名的人，他也一概是看不惯的。而刘邦，却能照单全收，为夺取楚汉的最后胜利奠定了基础。

水至清则无鱼，项羽要是一个会"拐弯"的人，知人善用的人，便不会弄得这么多手下都跑到刘邦那边去，成为他强劲的对手。

戏中最牵人心肠的主线：项羽与虞姬，既生死相依又相爱相杀。项羽作为将门之后，生来就背负着国恨家仇的宿命，而虞姬生性淡泊，厌倦战争，希望过男耕女织的生活。可惜，她爱上的恰恰是项羽。

一个常年铠甲在身横扫千军，一个温顺淡泊渴望宁静，矛盾贯穿始终，但越是纠结矛盾的状态，两人越爱得难分难舍，直到在四面楚歌的绝境中，死亡将他们分开。

对于项羽的自刎，剧本有全新的解读，既不违背历史，也更合理地解释了他的死亡，他并非因为失败的耻辱，也不是因为生的绝望，而是看到连年征战，民不聊生，终于良心复苏，希望早日结束战争，而只要一方不死，战争就会一直打下去，直至分出输赢，一方一统天下。

秦国已灭，虞姬已死，复仇大业已完成，其它的还重要吗？"看天下，织锦的衣不遮体，耕田的食不果腹，打江山的未必坐江山。天下姓刘，姓项，有何区别；归楚，归汉，又有何妨？"

项羽宁肯站着死，不会跪着生，生又何如，死又何惧？所以，他选择了横剑一刎来结束这一切。他成了失败的英雄，却获得了人格的完善、自身的救赎和灵魂的解脱。

——这样的描写并非凭空想象主观臆断，在司马迁的史记中有明确记载：为早日结束战争，项羽单枪匹马到刘邦营垒前挑战，希望和他单打独斗，但老谋深算的刘邦以"吾宁斗智，不能斗力"而拒绝，这体现了项羽急于结束战争的无奈，也暴露了他天真幼稚、义气行事的不成熟一面。

这部作品历时六年，删改不下十遍。剧中的某些场景、道具，也都被赋予了象征意义，如项羽最后用来自刎的宝剑，便是这个将门世家的传家宝，国难当头，一家三代无一例外地系命于一柄宝剑，悲剧气氛一次比一次更加浓烈；对乌骓马用的是拟人化描写，当项羽自尽后，乌骓马也仰天长啸着跳入了滚滚江水。若论忠诚，人有时还不如一个畜生。

我不希望仅仅讲述一个群雄争霸打打杀杀的故事。在这部戏中，战争不是主线，只是展现人性的舞台，友情、爱情、亲情在国恨家仇的主题中纠缠展开，沧海桑田的变迁动荡、呼风猎猎的呐喊厮杀、国破山河在的凄凉无奈、个性迥异的乱世群像、生死相依的英雄美人……让一个远去的时代浮现在眼前，大悲壮大凄美是这部战争史诗的基调。

我希望像剧中那只山鹰，翱翔在苍茫群山之上俯瞰着历史，发出属于自己的声音。

梦里河山

西双版纳，当然是西双版纳

那年去西双版纳之前，我曾经致电问在那边的大哥："要带夏天的衣服还是秋天的衣服？"

他回答说：早晚穿春秋的衣服，中午不用穿衣服。

我对西双版纳的憧憬，已经有好多年了。中国版图上的南方和北方是如此泾渭分明，一个在过夏天，一个在过冬天。北方人为了逃避寒冷，就坐着飞机像候鸟一样往南方跑，我和女友是其中最行色匆匆的那两只。皮箱里装着秋天的衣服和夏天的衣服，两个季节，就这么在同一只皮箱里相遇了，估计连它们自己也会感到奇怪，一个喊冷，一个说热。

在版纳嘎洒国际机场下了飞机，已是深夜，热风扑面而来，我却没有任何的不适感和担心的水土不服。羽绒服一脱，就可以过夏天了。机场小得一眼就望穿了，却见不着前来接应的人，给大哥打电话，他大声说："已经派人去接了，我告诉他从机场出来的最丑的那两个女人就是！"

问他接我们的人长得啥样，他说：看哪个最高哪个就是！

我们找了一圈，没见到那个个头最高的人，而那个人无疑也没发现我们这两个最丑的人。又找了一圈，这才发现人群中举着一张纸壳，上面写着我们的名字，而那个人隐没在人们的肩头下，压根看不到脸，要不是这张奋力举起的纸壳，谁也不会发现他的存在。

此时方知，那位仁兄真是幽默到家了，

夜宿的旅店，被褥是潮湿的，街上一夜不停地有车轰隆隆开过，方知道勐仑小镇不是我们想象的那样偏僻和闭塞。

第二天，在街上吃完加了多种调料的米线，就赶紧拖着皮箱搬到另一家旅店去。晚上很静，一大早却被此起彼伏的鸡叫声吵醒了，推开窗户一看，原来楼下就是个鸡窝！

当地人很会享福，要睡到八九点钟才肯起床，懒洋洋地到街上吃一碗米线或者米粉。这里日照时间长，不要以为他们起得晚这一天就快过完了，天还长着呢！人起得晚，太阳也起得晚，并且很不热情，恹恹的没精神，云遮雾掩地不肯露出庐山真面目。直到下午三点左右太阳才热辣辣地烧起来，让人享受炽烈的南国正午。不到七点半，太阳就不肯落山——这个时间北京早就华灯齐放了。

街上到处都是棕榈、椰子、木瓜、三角梅，还有与剑麻很像的龙舌兰。当年马帮的饮水站——旅人蕉，一片树叶就大过几个人脑袋。这儿的水果很大很多，丰饶得让人眼花缭乱，大哥牛气哄哄地说：你们在北方超市里买的那些昂贵的热带水果，在这儿是给猪吃的。

小镇的人是悠闲的，好像从来没有为生计操心过。他们做生意，不会像其他地方的人那样巴巴结结地将你视为上帝。去店里买东西，他们坐在那里打扑克，连喊几声才会站起来。

他们对钱的冷淡态度，让人迷惑，也让人为他们着急，觉得他们这份无所谓会把自己毁了，长期这样安于现状、无所事事，一点斗志都没了，人不就废了吗？事实上过了多年再回头看，他们还是那种一无所求的状态，但比以前更好了那么一点点。

这儿没什么工业，街上几乎见不到为了上班而行色匆匆的人群，芭蕉树、椰子树掩映的白色餐桌旁，有人摆下简单的摊子给人擦皮鞋，不慌不忙地。偶尔有傣族妇女挑着担子走过，她们身材窈窕，煞是好看。这儿的空气是湿润的，很养人，来了一两天皮肤就变水灵了很多。

北方正过冬天，这儿在正午却仍然像夏季。太阳是白色的，离人很近，却很乖，不像夏天那样不懂事，将你晒得无处躲藏。路旁直刺蓝天、如刀似剑的龙舌兰，也不像传说中那样令人望而生畏。

踩着摇摇晃晃的吊桥去勐仑热带植物园，脚下窄窄的罗梭江因为一场小雨而变得混浊。它是澜沧江的支流，在这里拐了一个弯，把陆地围成一个葫芦形的半岛，人们把它叫作葫芦岛，植物园就建在岛上，使勐仑小镇名扬天下。

院中那些奇异神秘的热带雨林植物，丰富得让人的眼睛盛不下了：神奇的"老茎生花"、听音乐而动的跳舞草、能使酸味变甜的神秘果、欲吻蓝天的望天树、老态龙钟的大榕树、坚硬的铁力木、奇异的龙血树、一日三变的变色花、被称为"活化石"的树蕨、冰川时期的天料木、红豆树、绞杀树……

植物间藤蔓相缠、生死难分是西双版纳植物的特征，这样的绞杀看起来残酷无比，充满绿色的血腥，但也因此保护了自己，使得植物们可以在自己的王国里恣肆蔓延。我相信在那些浓密得连鸟儿也飞不进、连时光也无法驻足的绿色里，一定深藏着原始而美妙的爱情，那是人类无法了解的。

植物园大门前，盛开的三角梅热情似火，那些盆景样的树和水，尽管很人工，却荡漾着灵气。这是个容易邂逅和发生故事的地方。

西双版纳自治州的首府驻地是景洪市，这个云南边陲多民族汇集的热带城市是浪漫奇异的。那些遍地丛生的阔叶植物，开满硕大的花朵。街上偶尔有穿着长裙的傣族少女走过，摇曳多姿，如会走路的花朵，刚刚从那些阔叶植物上走下来；她们说话的声音，充满大自然的鸟语花香。

西双版纳四季如春。冬天最冷的时候，也仅需穿件长袖衣或者薄得不能再薄的毛衣；中午时分，穿短裤短衫、趿拉着拖鞋的人随处可见。与此同时，北方人正穿着羽绒服、带着口罩和手套，将自己包裹得像一只蚕茧。露出的眼睛会被北风刺得流泪，穿着皮靴子的脚会被冻得像胡萝卜一样红肿，摘下口罩来的时候，鼻头都冻红了。天地间，到处像被猫咬着似的寒冷，只有有暖气的室内热气腾腾，就如同西双版纳藏在里面。

我们没有见到洗浴泼水的傣族女人，却来到基诺山寨，体验了这个珍稀民族的风情。基诺族的男人叫诱惑，女人叫迷惑，这样的称呼充满诗意和玄机。高大沧桑的老榕树，老得枝干缠绕，连根都凸出了地面，如一团团蜿蜒盘缠的胡子。

基诺人以史诗般的歌舞迎接远道而来的客人，他们在每一桌游客的面前都摆上免费的烤肉和水果，却淳朴得不会推销自己亲手炒制的茶叶。在基诺族过去的习俗里，男人如果不会杀牛、不能打猎，就只能爬到树杈上去住；如果连树都爬不上去，那就只能做野兽的猎物了。

高大的树上搭着间仅能一人容身的茅草屋，导游说那是基诺族男人的五星级宾馆。我们都建议同来的小发爬到树上去享受五星级宾馆的待遇，若是实在饿了下不来树，我们可以在下面扔肉给他吃，前提是他必须将腰间围上兽皮树叶，嘴里发出猿人样的尖叫，最好眼睛里发出绿光，嘴里再生出两颗獠牙，哈哈！

在原始森林的小道上，车拐来拐去地爬行，吓得人心跳如鼓。那些浓密得连鸟声都漏不进的古树左拥右抱，那些纠缠得叫人喘不上气来的藤蔓上搭下挂，如一条条伸出的舌头、一缕缕垂下的胡子，叫人惊诧莫名。在这儿，手机信号全无，不见人烟。我们心惊肉跳地设想着：若是碰上劫匪可咋办？

我们终于碰到一个牵牛的老人，不知是哪个民族的，问他这儿有劫匪没有，他笑呵呵地将手摆了又摆。我们的胆儿于是就肥了，打算留下来占山为王，见人来了，男人就下去诱惑，女人就下去迷惑；碰到猎物就拉到车上一起吃摘来的野果子，或者拿着石器木棍噢嗬噢嗬地吼叫着去追撵野兽。

从原始森林回到高速路上，车朝着云南最南端的磨憨飞驰，它是中国面向老挝惟一的国家级口岸。磨憨，真是一个可爱的名字，可爱得令人想到猪八戒。

磨憨不是一座城，它是个只有一条街的边陲小镇，一个边贸洪潮中的混血儿。那些粉红鹅黄的建筑都有着金碧辉煌的尖顶，极具民族风情，每座建筑都匠心独具，色彩艳丽却又干净雅致。

可惜我们去得太晚，口岸已经关闭了，只能透过关门窥见两眼老挝那边的风景。

返回勐仑小镇的高速路上，太阳渐渐沉落，圆月升起。第一次和边陲的明月一起前行，它的清辉透过车窗照耀着我，伸手可触，却又遥不可及。那种恍然如梦的感觉，任何地方的月亮都不能再给予我。

在任何地方都有梦，可是不会有西双版纳的梦那样绚烂而富于戏剧性；在任何地方都有美丽，可是没有西双版纳的美丽惊艳炽烈。

晚上，在哈尼族的竹楼里吃饭，让人恍若到了人间乐园。不用任何的乐器，那些天籁般的好嗓子，那随口唱出来的民歌，比甘蔗更滋润人的心灵，连店里憨憨的厨师也能端着自酿的木瓜酒唱上两句。

能歌善舞的民族，最具感染力，坐在他们身边，你怎能不手舞足蹈、嗓子发痒？吃着炒芭蕉花和特殊调料烤制的鱼，"哥是芭蕉叶，妹是芭蕉心"的歌声在夜空中婉转入云，竹楼里的每一根竹子闻听，也仿佛都有了灵气，簌簌地随歌声摇曳。

店老板阿里可香是个消瘦而皮肤黧黑的小伙子，双目灼灼如星，那是哈尼族人灵性的闪光。他说他们住在大山里的时候，对外界很惧怕，可是他们最终走了出来，看到了一个全新的世界。

朋友拉我们去看茶马古道的起点易武，沿途古木参天，绿色掩映中偶有一树粉红开放，像极了我们北方的桃树和杏树，但那样的景致在北方春天才有。高大的树上开满硕大的红色花朵，不知是不是木棉。

由于茶马古道的起点不属于旅游区，所以我们在一个小镇上拐来拐去，好不容易才找到一位老人家，她是一位老马帮的女儿，一再邀请我们去她家喝茶，说要给我们讲历史。顺着她的指点穿越一条只有几户人家的古街，越过虎视眈眈的黑狗和挑担子的少数民族妇女，找到几颗参天古树。满地的落叶间，坐落着一块石碑，上面镌刻着傣汉两种文字：马帮贡茶万里行，易武—北京。

那些参天古树的树根裸露于地，盘根错节，在那上面，足以建立一个家庭。说是古道，却并没有明显的道路痕迹，也许，它被掩盖在厚厚的落叶下面了。而马帮出发时的马蹄声呢，是否也一样被掩埋了？埋葬历史的是树叶，还是时光？

回到西双版纳的驻地景洪，和女友坐在清澈见底的澜沧江边剥吃芒果。据说澜沧江出了境，就变成了湄公河。看着水中抱着救生圈的孩子，远处的西双版纳大桥，桥下老挝、缅甸、泰国的船载着满船游客经过，不由得感叹我们在北京过的是什么日子。

那晚，从景洪回到勐仑小镇的时候，我们特地再次来到植物院的门前，车上正放着童安格的歌，感伤而韵味悠长："月下独自来到旧日相遇的地点，吐散着迷惘的尘烟，也许只有一个人，才能明了这一切……前世的思念今生今世来了结"

来时，植物园门前正繁花似锦；归时，却已经寥落萧条了。是我们带走了花盛开的热情吗？此后，还会见到比西双版纳更美的景色吗？我不知道，我只做过更美的梦，却没见过更美的现实。但这次看见的西双版纳，真的是比梦境更美了。

在好莱坞经典电影《罗马假日》中，记者问公主印象最深的是哪座城市，公主在一双眼睛深情的凝视里，静静地微笑着回答：罗马，当然是罗马！

我想假若有人问我印象最深的是哪座城市，我该怎么回答呢，我一定会说：西双版纳，当然是西双版纳！

罗梭江上的月亮

怎么会丢呢？那夜，罗梭江上的月亮，还有罗梭江边的灯光。

那夜，我们几个人站在江边微凉的风里谈笑，开心得忘记了前因后果。罗梭江的波涛，带着灯光微醺的红晕，一层层荡漾向不可知的远方。我从来没见过那么有感觉的波涛，在灯光和月光里浓郁又清澈，像一幅油画。

不，没有一个人能画出那夜的罗梭江，也没有一个词能描绘那夜的罗梭江。

闭上眼睛，那条江的感觉就会重现：月亮悬在高天，圆而清冷，故乡和熙熙攘攘的京城好像都在上面。这一面铜镜，映照着天下客的爱与哀愁，从古走到今，喜怒哀乐、悲欢离合，都被它收入镜中了。

世上，原本没有什么能比月亮更沧桑。可是，它在那夜里却是如此的圆满。

圆和缘，不可分割。那一刻，铜镜中的景色和铜镜中的人，都美如梦境。

远处，是亚洲最大的植物园，里面那些奇异无比的植物，足够穷尽我这个北方人的想象。西双版纳的空气，是潮湿而又清新的，让人在呼吸之间感觉自己也变得新鲜明澈了。北方此刻正寒风刺骨，可是这里却正在过夏天。

罗梭江桥上的灯光，倒映在水中，昏黄的，有油画的凝重和诗意，又是怀旧的，如佳人梦中的旧上海。但旧上海的月亮和灯光，没有罗梭江的南国风情，更没有如此忘乎所以的笑声。

那夜，那条江，是仅属于我们几个人的，几个来自天南海北的人。年纪最小的那个是我们的活宝，一个人便可以让大家笑岔气。夜色像一个漫无边际的舞台，我们是观众，看着台上的活宝肆无忌惮地表演：叼着烟头搞怪、投石子、学迈克尔·杰克逊的舞步……笑得大家想躺到绿草茸茸的地上，或者滚到旁边的江水里去做一条自由的鱼。

而活宝说他这样像个小丑，只为了大家能够开心。

说不清那条江是因为人而难忘，还是人因为那条江而难忘，那夜的江和那夜的人，都融为一体了，难解难分。有缘的人相聚在这遥远的异乡，一起制造快乐，这样的感觉不可复制。

也许，再也不会有此刻，再也不会有这么美的月亮了。

于是，就想把这一刻留住，举起相机去拍，拍那比天还高的铜镜，拍桥上那比醉眼还迷蒙的灯光。幻想当自己老了的时候，它们会照亮我昏花的眼睛，唤醒我日渐混沌的记忆。

太珍惜的人都是贪婪的，总是在为将来的怀旧做准备；太珍惜的人永远活在过去，把正在享受的此刻，也当成了过去来怀念。

相机忠诚地为我复制了那晚的景色，除了那潮湿的气息，除了那袭人的风和莫名的惆怅，除了那随风远去的笑声。

相机什么都为我留住了。虽然人留不住，虽然勐仑小镇留不住，虽然罗梭江的波涛留不住，虽然灯光在天亮后就会消失，且然月亮在匆匆赶路，再见时已经又是一个轮回。

夜色渐深，灯光也渐渐沉落于江边的雾气里，朦胧华丽中又透出少许的凄清。而我在心里暗自庆幸，为留住了这晚的许多美好而欣慰。

罗梭江边的灯光和月亮，一直在我相机里亮着，它照耀我的白天和夜晚，伴随我从热情洋溢的南国回到嘈杂的北京。每当翻看它，那晚的风、涛声、雾气、植物、花香、星光……就都来了，将我围拢在那晚的欢声笑语里，让我的嘴角在梦之外，禁不住挑起一轮弯弯的月亮。

一闭上眼，就看见那晚的月亮圆圆缺缺，那晚的灯光明明灭灭。

相机里的照片明明已经存进电脑了，仍舍不得删，生怕万一弄丢了。

别怪我如此珍惜，在南国我是花朵，而在京城我只是蚂蚁，叫我怎能不珍惜那些回忆？

可是，老天爷就爱捉弄那些爱珍惜的孩子：有一天我在整理罗梭江那个文件夹时发现，那几张江上月光与灯火相映的照片，竟然丢了！

命运有大有小，玩笑有小有大，这样一个小玩笑，便足以让我失魂落魄。

其实那几张照片前几天还有的，但我看了它们最后一眼便删除了。当时我在林冠夫老先生家里，他是一位国宝级的大师、著名的学者和红学家。他要为我写一幅字，我忙拿出相机为他拍照，为了腾空间，删了些江边的镜头。我想着反正电脑里已经存了，删了又如何？

结果鬼使神差的，相机里的照片删了，电脑里存的也没了。

我的罗梭江，我的月亮和灯火，就这么丢了！我吝啬得漏不掉一粒芝麻，为何却弄丢了整整一条罗梭江的灯火，弄丢了一轮古往今来悲欢离合的月亮。难道真的越珍惜的，越留不住；越珍惜的，越容易失去吗？

那条江，我可能这辈子也回不去了；即使去，也不会有同样的夜；即使有同样的夜，陪在江边欢笑的，也不会是同样的人。

在告别这个世界的时候，我是否会想：今夜，罗梭江上的月亮，照耀的将会是何人呢？

温泉古镇

　　这个皖东小镇是古旧的，它有着超过千年的历史，却并没有留下多少真正的古建筑。那些木结构的民居历经了风吹雨打，不但没有给它增加历史感和怀旧的诗意，反而有一种尘土满面的沧桑，好像风一年四季都在这里鼓着嘴唇吹着，吹得烟尘四起，吹得人好不厌烦。

　　小镇自古就以温泉闻名，但温泉似乎并未给它带来繁华。近年来，它才火了起来，迎来了一拨拨度假疗养的城里人。他们都是冲着温泉来的，果真是没钱的人都往城里跑，有钱的人都往乡下跑。在温泉泡过后，就跟换了个人似的精神抖擞。当地人很自豪：我们天天有温泉泡，你们却要大老远地跑来消费，有钱哪比得上有温泉好啊。

　　因为温泉，古镇焕然一新，那把古镇吹旧了的风，也不知到哪里流浪去了。

　　古镇迅速崛起，但配套设施又跟不上：一边是高楼大厦，一边是破旧民居；一边是宽阔马路，一边是灰溜溜的土路；穿牛仔裤的和包花头巾的在同一个檐下共处，相安无事；驾摩托车的和赤脚板的一起前行，各走一边。满街的石子硌得人脚疼，可是街边店铺里风情万种的新潮泳衣，连路过的老奶奶都忍不住瞅了又瞅。

　　来古镇前，我担心会连日用品都买不到，就匆忙去合肥的超市买了一大包，来后才明白：除了恐龙，现在还有买不到的吗？在古镇最大的"上海华联超市"，我买了一套开满花朵的睡衣，粉紫淡蓝的十分好看。再去菜市场买萝卜生吃，把卖萝卜的吓了一跳，说：这东西咋能生吃呢？听说北方人爱生吃葱蒜，还吃虫子，是真的吗？我点点头，他的嘴巴张得能塞进一个鸡蛋去。

在镇上闲逛时，我脖子上总是挂着个相机，看见稀奇事儿就拍个不停，搞得自己像个少见多怪的游客。我看见什么都觉得新鲜，估计当地人看着我也新鲜。

我发现个怪现象：街上走过的妇女胳膊上都挎着个篮子，或者背上用布兜着个娃娃，呜哩哇啦地说着我不懂的方言；男人则又黑又瘦，眼睛深凹有神，趿拉着拖鞋。这些男男女女都朝一个方向走着，不知去向哪里？

我感觉有些怪异，决定跟踪探秘。想起那句"好奇害死猫"的话，心里多少也有点儿忐忑。路过的店铺都店门大开，挽着裤腿的主人在看卫星上天的新闻，或者和孩子一起傻呵呵地看卡通片，对路过的人视而不见。

跟着这些奇怪的男女拐过街角，出现了一排奇怪的房子，分别写着"男女"二字，人们进进出出煞是热闹。我心想：这镇上的人真是奇葩，连上个厕所都搞得这么隆重，跟赶大集下馆子似的。

我鬼鬼祟祟地张望着，就想弄个水落石出。只见进去的人灰头土脸，出来的人神清气爽。探头往写着"女"字的里面瞧，觉得有点不对劲：只见一个热气腾腾的大池子，泡满大大小小的脑袋；池子旁的台阶上，满是正脱衣服的老老少少，脱得白花花的一个接一个跳进去，"腾"地一声，煮水饺或者蹦青蛙似的，那轰轰烈烈的场面令人目瞪口呆。

我回过神来，忙溜之大吉：幸亏没进去啊，敢情是个泡温泉的澡堂子，若有人发现我偷窥非砸死我不可。原来，古镇的人有个奢侈的习惯——每天都要泡温泉，哪天不泡就睡不着。这样的待遇，连美国总统也自愧不如吧？

我这才发现，这真是个幸福的古镇啊，路边温泉随处可见，"汩汩"冒着热气，像鱼在逍遥地吐着泡泡。我以前还奇怪呢，晴天白日的怎么到处热气腾腾的呢？

小镇名曰香泉，隶属于安徽和县。和县古称和州，有着两千两百多年的建城史，它明明在江北，却被称为"江南和州"，因为清朝入关后沿用明代建制设立江南省，首府在江南（今南京），地域范围包括了和州一代，所以"江南和州"是江南省和州之意，并非地理意义上的长江之南。1500多年前的南梁时期，昭明太子萧统曾在香泉沐浴疗愈疥疮，并挥毫题下"天下第一汤"几个大字，香泉因此名扬天下。

我住在温泉度假村，却很少体验到温泉的好处，因为写起剧本来就顾不得了。颈椎疼得厉害时才去泡泡。泉子里漂着花瓣，浪漫得像回到了大唐的华清池。星空高远，桂花香气四溢，偌大的池子只有我和女友，星星在热气氤氲中变得虚幻不定。

去年春天的星光下，我们也和恩师、师母在这里泡过泉子，泡着泡着下起了小雨，我们泡上瘾了，赖着不肯离开，干脆将身体藏在水里，只露出脑袋忍受着针尖小雨扎人的凉，那真是冰火两重天，上面冻死，下面烫死。最后只得一个个披着白毛巾，寒鸦似的打着哆嗦逃回了房间。

我和女友有时在度假村外的小道散步，边走边叨念着好友石头的诗句：扁豆花与茄子花／开在疏落的篱笆间……远远望去，收割后的稻田

160

是诗意的，可是走近它却太现实。到处是动物的粪便，一个中年妇女拎着一条鱼在前面走，一辆摩托车呼啸着一闪而过，令人心惊肉跳。

我好奇心重，看见群鸡鸭也兴奋。只是这儿的动物都挺厉害，狗不停地冲着人大呼小叫，大公鸡虽然没有啄人，但它铁嘴铜翅，迎风一跳一跳的那个威风劲儿，颇有些挑衅的意思。

发信息说给石头，他说改日让某兄给你画幅《瑞娴山村草窥图》吧。我说甭提他了，他数年前应承的画还没影儿呢，年底若再不兑现，我就让弟兄们打他一头蘑菇（方言：包）。石头哈哈一笑，说：好，娴姐，咱打他一身蘑菇！

在度假村待了好久，我还是倒向。如果第一次去某地倒了向，那么我可能一辈子都倒不过来了。有时感觉门口朝南，有时感觉朝北，有太阳还好，阴天就彻底没了坐标。人一生中大概总会有这么段时间，混沌着，忘记了自己的来龙去脉。

逛香泉老街，成了我最乐此不彼的事。我不说话，镇上的人也会看出我是个过客。我穿着格子裙和俏皮的网靴，走过古镇最热闹的街道，去买一只喝咖啡的杯子。售货员痛快地告诉我，没有。最后，只好买了只呆头呆脑的搪瓷杯——用来盛牙具的那种。

这里的民居都是双层的，上面探出一截，为下面的人遮风挡雨。古老的木结构房屋，没有院落，从敞开的门里可以看到一间连着一间的屋子，幽深沉闷，不知哪间是尽头。我想象着，在尽头最黑的那间屋里，坐着一位白发满头、牙齿掉光的老奶奶，眼神穿透岁月，遥望着子孙们琐碎而忙碌的生活，和我这个天真的外乡人。

我又发现了个怪现象：一个老者随意地躺在室内墙根下，头戴顶灰帽子，身上压着一叠衣服和一个管箩。我奇怪人身上咋能压那么多东西呢，能喘得上气来吗？有人告诉我，他不用喘气了。

我这才明白这家正在办丧事呢，而死者就是这位老人。明明是丧事却毫无悲伤的气氛，死者就躺在一边，旁边的麻将桌却玩得热火朝天。原来，每当有人去世，家里就会将房子租给玩麻将赌小钱的人，因为有丧事民警也会网开一面，不会来抓人的。

我边走边用手驱赶着成群结队的鸭子。本地人爱吃鸭，所以鸭子在这里自然是不能缺席的，到处都是它们扭着屁股"嘎嘎"走着的身影，大摇大摆一副主人的姿态。在石拱桥下混浊的水中，它们慢条斯理地游着，像架着眼镜的老绅士。在南京长大的恩师嗜鸭如命，他说鸭肉是世上最好吃的美食，也不知他跟这些可怜的家伙是哪世的冤家，鸭子见了他，估计都会扭着屁股逃之夭夭，跑不快的话，就成老师的腹中餐了。

我独自游走在街巷里，天不知不觉就暗下来，而灯光一点点亮起来了。

回度假村的路上，奇迹发生了！路边的温泉汩汩喷涌着，那弥漫的雾气如若仙境。无数萤火虫飞来绕着我盘旋，如宫崎骏的漫画。蓦地记起童年的月夜，扎着小辫子的我在花生地里发现一条发光的虫子，像发现了外星人般神秘兮兮捧回家，父亲告诉我那是萤火虫。我不明白，都说萤火虫是能飞的，那这条没有翅膀的虫子如何飞起来呢？

那条虫子像一个寓言，在我的记忆中闪光，仿佛暗示着某种宿命。如今见这这些小精灵提着灯笼飞来飞去，燃烧自己照亮四野，甚至照亮我这个追梦异乡的过客。这一刻，在这个古老而又新鲜的温泉古镇，我看到了真切的亮光，也突然明白了"破茧成蝶"的含义……

沙漠中的牧场

（一）

　　传说，沙漠中有一种花，不需要水和养分，也没有茎和叶，一旦盛放却惊艳天地。因为它的一生只能盛放一次，所以，谁若有缘遇见，将从此拥有神奇的生命力。

　　我问宝音是否说过这个传说，他疑惑地看了我一眼，摇摇头。宝音是我合作过的一位蒙古族歌手。听说我喜欢沙漠，他承诺将来一定带我去看。因为，他就出生在沙漠里。

　　几年后，我们在一个草原小镇汇合，登上了一辆八面漏风的破吉普。司机是一个胡子拉碴的壮汉，叫布和。同行的还有宝音的女友诺敏，以及他的朋友兼搭档——马头琴师莫日根，据说他少年成名，是万千草原少女心目中的白马王子。他的五官像雕塑一样立体，鼻子挺拔，眼睛很奇怪，不是一般蒙古人的那种肉里眼，而是像欧洲人一样深邃，眼睫毛长得能落下一只蝴蝶，披散的长发也是卷曲的，有种异族的风情。

　　我问宝音那片沙漠叫什么，他用蹩脚的汉语生硬地回答：浑善达克，我的老家！

　　车驶出草原的花海草浪，箭一样射向我梦中的沙漠。

163

月光下的魅惑

浑圆的落日在即将沉落前，孤注一掷地将西天渲染得雄浑壮丽。

四野渐渐空旷，连绵起伏的沙丘扑面而来，就像三毛作品中描述的那样：像成熟女性的胴体，优美、性感，仿佛天外来物。

我瞠目结舌，如入幻境。

我曾经痴爱草原，但沙漠勾魂摄魄的美，足以让人瞬间背叛草原。沙漠一无所有，却又应有尽有，我与它一见如故，那天长地久的默契不可言说。

而面对这毕生难遇的景色，身边的马头琴师莫日根竟然昏昏欲睡，披散的长发半掩着消瘦的面颊，那姿势真是销魂。我由此确认他不是真正的艺术家，否则不会如此缺乏激情。如果是熟人，我一定揪着他的耳朵将他唤醒，告诉他：面对美景如此麻木不仁，和暴殄天物没有区别！

就凭他对沙漠的漠视，我预感我们将不欢而散。

夕阳终于在沙丘后沉落，夜的幕布徐徐拉开，天上的铜镜明晃晃地登场，漫天宝石围绕着它摇摇欲坠，几乎坠弯了夜空。只有在沙漠中，你才能体会到星星是有重量的，绝不是在都市看见的那般飘渺。

月光下的沙漠，像蒙上了面纱的女郎，妩媚多姿，神秘魅惑，即使将她拥入怀中，仍可望而不可及。此刻，无论出现海市蜃楼还是天降异相，都不意外，月光下的沙漠，让人相信奇迹。

九月初的沙漠夜晚，已经冷得没了天理，车内五个人挤在一起，还是冻得几乎咬不住牙齿。沙漠里没有明确的方向，只有两道车辙算是道路。宝音说，要不是布和是老司机，熟悉路况，我们肯定迷失在沙海中了。

破吉普车像袋鼠一样在沙丘上跳来跳去，这要命的历险使我的心一次次跳到了嗓子眼，感觉只要一张嘴，它就能蹦出来。不时有野兔从茭芨草间窜出来，这带路的天使腰身粗壮，四肢像带着弹簧，眨眼就消失得无影无踪。

车跑了一夜，天亮时终于到达了目的地。在一片洒满朝霞的铁丝网前，宝音跳下来打开了栅栏门，躬身做了一个欢迎的动作，说：尊贵的客人，我家的牧场到了！

只见牧草摇曳，繁花似锦。我有些蒙：这到底是沙漠还是草原？

记得来之前我曾反复问询，到底是去草原还是去沙漠？在我心目中，沙漠和草原是两个不同的概念：全是沙的地方是沙漠，全是草的地方是草原。

没想到，漫天黄沙中竟还有牧场，有小片小片鲜花盛开的草原。你中有我，我中有你，在浑善达克，草原和沙漠合而为一、难分难解。

土屋里的仪式

几间土屋孤零零地立在沙漠中，好像是大风随便吹来的。这是宝音七兄弟出生的地方，如今只有他六哥一家三口住在这儿。他们早已烧好了奶茶、炖好了土豆和牛肉在等待。他们都是淳朴的牧人，皮肤黧黑，笑容灿烂，一口白牙亮得耀眼。

屋内陈设简单，除了生活必需品，只有那幅成吉思汗十字绣充满庄严的仪式感。每个民族都有自己的灵魂人物，大汗是蒙古人颠扑不灭的荣光，是游牧民族的荣耀和辉煌，他在那个时代达到巅峰，成为世世代代的追忆。被记住和被遗忘，其实都由不得选择，那是历史落下的鼓槌，敲一下，便是永远的定格。

桌子上摆着的花瓶算是奢侈品，但里面插的是鸡毛掸子，而不是鲜花。也许，长年累月居住在沙漠，人已经没了那份心气儿；也许，他们觉得野花只有开在土里，才天经地义。

旅途劳顿，饭还没等吃一口，就要喝酒。用银碗盛着，旁边整齐地摆放着银筷子。莫日根见了酒立马精神了，磕磕巴巴地告诉我：来自都市的小姐姐啊，对我们蒙古人来说，这可是最隆重的欢迎仪式了！

大清早空腹喝酒，这等于在胃里点火啊。我偷偷瞄了一眼，是六十度的草原白，黝黑的六嫂端着碗，温温柔柔地劝让着：喝吧，喝吧，妹子。跑夜路冷，暖暖身子！

莫日根撩撩他的长发，在旁边添油加醋：是啊是啊，你可是唯一的汉族女子，是我们尊贵的客人。不喝，就对不住我们这轻易不拿出来的银碗，更对不住我们草原人的热情！

我暗暗叫苦，恨不得割了他的舌头。

把心一横，咕咚咕咚灌下去，灌小驴儿似的。火辣辣的液体长驱直入，肚子立马火烧火燎起来。用银筷子哆哆嗦嗦地去夹土豆，总夹不住。扭头去看莫日根，眼神似乎也有点恍惚，长长的睫毛抖动得像蜜蜂翅翼下的花蕊。这都是酒的功劳，看来这家伙也没少喝。叫你煽风点火，喝死活该！

六哥拿出马头琴塞给莫日根，他来回推让一番，才拉了起来。据说要他拉琴可不容易，必须要再三请求一番他才肯一显身手，这几乎成为一种仪式了。这个卷发飘飘的家伙，八岁时参加草原的马头琴大赛就打败了那些拉了一辈子琴的老琴师，轻而易举地获得了冠军，被视为神童。可艺术上的天才，在生活中几乎无一列外地低能，我眼中的他迂腐、木讷、忧郁，除了拉琴，似乎对人情世故一窍不通。

别看莫日根看上去慵慵懒懒，一旦马头琴在手，立马神采奕奕，仿佛灵魂都附在了弦上，眼里闪着星星，连头发丝几乎都要放出光来。马头琴俨然成了他的情人，他们卿卿我我，旁若无人，每个人都因他的陶醉而陶醉，因他的悲欢而悲欢，小声跟着哼唱了起来：

老哈河水长又长，

岸边的骏马拖着缰。

美丽的姑娘诺恩吉雅，

出嫁到遥远的地方……

一曲《诺恩吉雅》拉完了，莫日根也醉倒了。怀里抱着琴，在沙发上蜷缩成一只大虾的样子，揪也揪不醒，叫也叫不醒。

桌前只有我算是真正的客人了，大家都把火力集中到了我身上。我后悔怎么不提前醉倒，还烧地瓜顶门——硬撑着，让人误以为我酒量很大。这下可好，人家要费多大劲儿，才能将我这个汉族女子灌醉到他们想要的样子啊？

人迹罕至的沙丘

醒来已是中午，热情的沙漠太阳直射在窗棂上。睁开眼睛，发现人横七竖八躺了一地，莫日根的鼾声尤其惊天动地，吓得我赶紧坐了起来。听说牧人家来客人时，常常男女混居，牧人天性豪放，没那么多房间，也没那么多讲究。但我这个受传统思想毒害太深的汉族人，很难如此无所顾忌。

六嫂端着奶茶走进来，一个个拍西瓜似的去拍他们，仍然拍不醒，只好捂着嘴巴笑。我趁机喝了奶茶，跟六嫂摆摆手，就迫不及待地去看门前的沙漠。

不，是牧场，沙漠中的牧场。

天蓝得耀眼，连一片多余的云彩都没有。脚下的草很稀疏，种类也单调，都是些耐旱的植物：狼针草、芨芨草、沙蓬草。还有星星点点的小花点缀着，叫不出名字。草丛中枯萎的树枝，痉挛般地伸向蓝天，不知是不是胡杨。

听宝音说过，浑善达克其实算是沙地，与其它沙漠不同的是：它还有草，还有湖泊。但是现在沙化越来越严重，如果环境继续恶化，总有一天会彻底寸草不生的。他不知自家牧场的尽头在哪里，因为他从未到达过。牧区在计生政策最严苛时也是自由的，孩子能生多少是多少，一个人能分得一千甚至几千亩牧场，人口多的，牧场就大得望不到边儿。

走着走着，我发现迷路了，那几间土屋不见了！

迷就迷吧，能怎么着？最多碰到一匹狼，和它来一番你死我活的搏斗！我破釜沉舟地想：人生不迷失一回，不会有传奇！

爬到一个牧草丰茂的沙丘上，四周美得令人晕眩。这里人迹罕至，连一粒鸟粪都没有，干净如天地初生的样子。太阳像在南国，发出白炽的光，但并不歹毒炙烤，有干爽的清风吹过来又吹过去，令每个细胞都感到说不出的惬意。想起江南那种拖泥带水的潮湿，黏黏的热，冬天时直往骨头里钻的凉，才是真的惨无人道。

日西斜时我才慌了，不知该如何找到回去的路？

一阵如泣如诉的马头琴声传来。我赶紧爬到高处一看，原来是莫日根坐在沙丘下的芨芨草中，正忘情地拉着琴，似乎是即兴创作的曲子。风吹起他卷曲的长发，使他那张如刀削斧劈般消瘦的脸愈发苦情了，远远望去，真的如一位来自异域的王子。

我一边嘟哝着：这个奇怪的家伙！一边不禁暗喜：终于有向导了！

听宝音说，莫日根也是父母双亡，同我俩一样。这两个朋友颠覆了我对蒙古人的印象。在他俩身上，看不到多少粗犷豪迈的影子。两人都木讷寡言，和现实世界有些隔膜。他们活在自己的世界中，那是一个连朋友也很难进入的维度，令人不时有对牛弹琴、夏虫不可语冰的错位感，不知是文化差异还是性格差异。

我喊了一声"莫日根"，把他吓了一跳。

必须在夕阳落下之前，让这个好不容易醒了酒的醉鬼将我带回土屋去。我用手拽着芨芨草小心翼翼往沙丘下走，鞋里灌满了滚烫的沙子，一不小心，就叽里咕噜地滚了下去。

不远处里响起了莫日根嘲弄的笑声，带着浓重的鼻音。我爬起来冲他挥了挥拳头，然后拍拍身上的沙子，回望着高高的沙丘，它的线条优美得像一只鸡蛋，一只饱满的乳房，经过大自然长年累月的精雕细琢，美得令人想哭，令我这个想象力丰富的作家理屈词穷。

往回走的路上，夕阳正好。数不清的野花都在霞光中摇曳着，用温柔的花瓣抚摸着我们的脸和手。除了天上的百灵鸟儿，我还听得见无数的生灵在歌唱，我问莫日根是否听得见。

莫日根懒洋洋地回答：听得见，当然听得见。我们音乐家，天生能听见别人听不见的东西，何况，是在生养我们的牧场。

我白了他一眼，撇撇嘴：你不是出生在草原吗？又不是出生在沙漠。何况，这里是宝音家的牧场，又不是你家的。

他说：其实都一样。我们蒙古族本来就是逐草而生的民族，世世代代都带着家人和羊群不停地迁徙，直到近年来才停下来安居乐业。你怎能确定，这片牧场不是我的祖先曾经放牧过的地方呢？

他这话说得我还真没词儿了。

莫日根说，他出生在西乌珠穆沁草原，那里的牧草比这里的要丰茂和美丽得多。双腿能走路的时候，他就被家人托到马背上，被马驮着跑，跑到哪儿是哪儿。被摔下来了，坐在地上揉着眼睛哭，家人也不心软，重新将他托到马背上，抽一下马屁股，让它继续狂奔。就这样，不等认识自己的名字，他已经驯服了无数匹烈马了。草原上的那达慕大会，趴在马背上冲在最前面的那个瘦小子，永远都是他。

从八岁那年获得马头琴比赛冠军后，他就直接被送进了艺校。人们都认定他是个天才，但天才的命运似乎都掌握在别人手里，自己没有当家作主的权利。莫日根住在与世隔绝的象牙塔里，活在他的艺术中，被老师们呵护着，被宠爱他的人们捧在手心里，不用为生计忧虑，也不懂得人情世故。想家的时候，他坐在宿舍的小床上哭，把眼睛都哭肿了，但遥远的西乌珠穆沁的亲人们听不到他的思念。

我听着莫日根的故事，明白了他其实是一个仍然没长大的、缺爱的孩子。他伸出芦苇般瘦长的手指让我看，那上面全是拉琴磨出的茧子，看着就疼。他让我摸一下他的手，我嘻嘻笑着说：那可不行，我们汉族人的规矩，男女授受不亲！

他听了有些沮丧，用枝条抽打着蓝色的铃兰花，说：你还从北京来的呢，我看你是从封建社会来的吧！

我只好岔开话题，问"莫日根"这个名字的蒙古语意思，他没好气地回答：神箭手！我请求他也给我取个蒙古族名字，他想了想说：乌日罕！我对这个名字很不满，说它像新疆人的名字。他说才不是呢，这是正宗的蒙古族女性名字，意思是：温暖的。

屠妇一刀子下去

天刚亮，就听到突突突一阵摩托车响，有人在小窗外面喊六哥六嫂的名字。原来为了款待远道而来的客人，六哥夫妇决定杀一只羊。为此，他们请了当地最好的屠宰手，保准一刀毙命，不让自己的羊受罪。

我气咻咻地跑去问六哥，羊能不杀吗？

他奇怪地望着我：不杀，那干嘛？养了，就是吃的嘛。羊嘛，吃草；人嘛，吃羊。

莫日根也帮腔：牧民不吃羊，吃啥哩嘛？你不吃，别人也要吃的嘛！

他甚至让我准备好微单相机，拍摄一些宰羊的现场照片。

我瞪了他一眼：你就省省吧，没一点悲悯心，还艺术家呢，我呸！

莫日根挠着脑袋蹲到一边，嘴里嘟哝着蒙古语，显得有些委屈。

六哥六嫂带着那两个人来到羊圈里，那是一对三十多岁的夫妇，都长得矮小敦实，一看就浑身蛮劲儿，而屠夫竟然不是男的，而是那个女人。

羊圈四周用树枝高高围起防风障，紧密结实。羊们好像也预感不妙，看见一大群人涌过来，本能地哀叫着左躲右闪。它们天性胆怯哀怨，逆来顺受，没有反抗意识，危险来了只会躲藏，一旦被捉住了也只能任人宰割。

六嫂勇敢地朝她的羊们张开怀抱，但羊们今天却对和蔼可亲的女主人唯恐躲避不及。屠妇毫不费力地逮住了一只，用两只大胖手死死抓住它的两支角。众人一哄而上，将那只倒霉的羊按住，强制性地拽出羊圈。四周的羊儿们眼神惊惧，"妈妈妈"的哀叫声令人不忍卒听。

羊儿被拖到六哥家门前坚硬的沙地上，那男的手脚并用按住它的头，剽悍的屠妇一刀子下去，既准又狠，可怜的羊儿来不及哀叫一声，就彻底告别了这个世界。

莫日根进屋拿相机，等跨出门槛的那一刻，一切已经结束了。他看着屠妇手脚麻利地剖开羊的肚腹，血无声无息渗进沙地里，嗖嗖地吸着凉气说：看明白没有？男人只是打下手的，女的才是真正的屠夫！

还用你说吗？呸！

我的心里五味杂陈，眼泪却始终无法滚落下来。一个女人，得经历多少血腥才能如此心狠手辣？也许，她原本就不曾对这些生灵有任何怜悯之心，在草原人看来，养羊就是为了吃羊，天经地义。不过，他们不吃牛羊又能吃什么呢？这里蔬菜珍稀，别无选择。只是，当她举起刀子，面对羊儿泪汪汪的眼睛时，会不会想到自己嗷嗷待哺的孩子？

那屠妇不停地忙活着，丈夫则蹲在一边不停地叽叽呱呱，像只饶舌的大肚子青蛙。莫日根翻译说：他在夸老婆手艺好呢，夸她是当地最好的屠宰手，快刀斩乱麻，不会让羊儿痛苦。否则，哪家牧民也不会再请她的！

原来在牧人心里，杀羊杀得快也是一种慈悲。

我回想着，羊儿们看到夫妇俩时的惊恐模样。大概在屠夫身上，永远有着鲜血的味道。屠夫走到哪里，都带着死亡同行，他们是牛羊的终结者，只需一刀子下去，一个小生灵便在血泊中划上了句号。就像茫茫无际的草原，少了一棵小草，谁会为一只羊儿的离去而伤悲呢？

我问莫日根：每只羊、每头牛离去时，是否都这样猝不及防？

莫日根挠挠脑袋回答：未必嘛，那得碰上好屠宰手，像今天这样的！

羊收拾好了，屠妇两口子留下来一起吃饭。新鲜的羊肉大块大块盛在盘中，热气腾腾的味道直冲鼻子。来这里后，我的脸迅速小了一圈，用手一摸，像颗干巴巴的桃子。作为一只菜青虫，没有菜可吃是痛苦的，上顿下顿的牛羊肉，已经连胃都吃怕了。

这顿饭，除了羊肉土豆，还加了一个西红柿，这是我在这里吃到的最鲜艳的蔬菜了，几乎不忍下筷子。但我发现其他人对它并不感兴趣，他们还是爱吃肉。游牧民族天生是肉食动物。尤其那对屠夫夫妇，杀羊时迅雷不及掩耳，吃起肉来更是风卷残云。连那些骨头缝里的肉，也被剔得干干净净，让人疑心他们的长舌头都带着钩子。

在这里，连吃都需要技巧。

我不喜欢吃肉，即使没有佛教关于万类平等的不杀生理论，在吃肉时也本能地会有心理作用，总是下意识地想它会不会疼。从一个完整的生灵，变成一堆肉和骨头，它的妈妈会不会寻找它？在每片肉上，是不是都残留着这个生灵被杀时的惊惧与怨愤？

看到其他人吃肉时坦然的样子，我却又觉得万物自有宿命，上天的安排非人类所能改变。有些动物，如果人类不需要它们，不养殖它们，它们或许就无存在的必要。宇宙就是这样在残酷的循环中运转，生生不息，无穷无尽，不眠不休。

世间一切，莫不是在纠结困顿中，慢慢变得天经地义、理所当然。

阴雨天与草原白

吃饱喝足，那对活力十足的屠夫夫妇便骑上摩托车突突突地开走了。他们刚走，小雨就下起来，不大不小，没完没了，世界一下子沉寂了下来。

沙漠中日复一日的生活，虽然单调乏味，但至少每天还能见到新鲜的太阳和月亮，还有草丛中新开出的花朵。但一下雨，啥都没了，只有无边无际的雨帘，不绝于缕地悬挂在天地之间。百里无人的小土屋，像沙漠中的孤舟；而我们只能像一只只猴，眼巴巴地看着巴掌大的窗外那片小小的世界。

蒙古族人为什么喜欢载歌载舞？也许是因为孤独。这是我在沙漠里突然领悟到的。在这与世隔绝的地方，不用上班，不用打卡，一旦放松了，恨不得将在城市欠下的觉都补上，但一醒来，却是渺渺茫茫的空虚与怅惘。

牧人对抗阴雨天，除了马头琴，还有六十度的草原白。在被雨声包围的土房子里，一屋人就这么热火朝天地和草原白干上了，就着一盆羊肉、一盆土豆，从早晨喝到中午，中午喝到晚上，晚上喝到凌晨……醉了醒，醒了醉，围绕着那条长桌，男人们醉生梦死。一间小土屋，成了他们与自己对抗的战场，只有女性有权利随时离开。

人们尽量用最大的声音吼唱，用最亲热的口气说话，以此来对抗孤独。但再喧闹，又如何能冲淡那辽阔的苍凉？寂寞中，我学会了简单的蒙古语：他赛努，塔乐日哈拉，格日特哈日娜，比其玛德海日泰！翻译过来就是：你好，对不起，回家，我爱你！

在这里，一件事，不知要酝酿多少天多少年才会有质变。一个愿望的实现，有时需要等上一生才能有个回音，甚至一生也无消息。时间是缓慢的，甚至让人觉得这儿已被时光遗忘。在静默之中，谁也不知道什么会发生，什么将永无变化。

除了拉马头琴、唱长调和呼麦，宝音和莫日根基本就是一对闷葫芦，不敲打两下出不来响儿。实在无话可说了，莫日根的马头琴就适时地如泣如诉，宝音的长调也跟着荡气回肠，二人的配合天造地设，天衣无缝。

马头琴是草原人的嘴巴，替他们说出灵魂最深处的话。阴雨天，我就这么融入了他们的生活，真切地与他们一起抵抗着无边无际的苍凉，这苍凉亘古无垠，难以穷尽。

雨下几天，草原白喝几天。醉了，就搂着啃过的羊骨头睡在桌边；醒了，摸起酒杯接着再喝。几天前，那骨头还是一只哀哀叫着的羊，嘴里噙着一把草，遥望着大漠的落日。

敖包前的许愿

清晨，和诺敏蹲在六嫂家门前的沙地里刷牙，成群的鸟儿在不远处嘀嘀咕咕，起起落落。它们每天早晨必来，不早不晚，就在我们刷牙的时候。是不是见有陌生人出现，它们也好奇呢？

我边刷牙边四处张望，不远处，摞着一圈牛粪。足足有半个草垛那么大，那是冬天取暖用的。六嫂说牛粪是牛消化过的草，并不脏，诺敏反驳说再干净也是牛粪呀，不是鲜花。

沙漠再热，地深处也有幽凉。六嫂家靠房后日夜旋转的风车发电照明，吃着从深井里打上来的沁凉的水。上面的世界与下面的世界，冰火两重天。

我生在北方的乡村，祖辈都是农民。当农耕文化相遇游牧文化，会有怎样的对比与落差？

应该说，牧民生活要比农民悠闲潇洒得多，农民日出而作，日落而息，一生在土里刨食，为土地所累。牧民呢，赶着牛羊在草原上游荡，走到哪儿哪儿是家，不用种，不用收。现在放牧方式改变了，牧民不再游走，每家都有了固定的牧场，四周用铁丝围起来，牛羊也只在自家范围内啃草游逛，不再进入其它领地。牧民只需每天早上将牛羊赶出圈，赶到草多的地方，就可以回来了，看电视、打扑克、睡懒觉。夕阳西下时，头羊就带领着群羊，慢吞吞地回家了。

训练好头羊，再不听话的羊群也乱不了，就这么简单。

这天，六嫂说："咱们一起去敖包吧，去许个愿，一切就会好起来。"

"十五的月亮升上了天空哟，

为什么旁边没有云彩？

我等待着美丽的姑娘哟，

你为什么还不到来哟嗬……"

在这首著名的《敖包相会》中，敖包是热恋中的男女约会的场所。

顺着门前的小路一直走，有座小山坡，敖包就在那上面。

本以为敖包是另一种蒙古包，但它其实是一堆摞起来的石头。这是我见到的最高的敖包，不知道多少年的累积才有了今天的高度。上面插着树枝，树枝上飘着五颜六色的哈达，已经被风雨漂旧了。

蒙族的敖包与藏族的玛尼堆相似，不过玛尼堆是佛教的产物，石头上多刻有经文，与藏族转山祈福的习俗有关。敖包则是萨满教的产物，位置多是固定的，有祈福兼路标的作用。

在山包上四望，四野苍茫。远处有片小得像眼睛一样的湖，湖边有很多白色鸟儿。六嫂说："那是天鹅，而那个湖，就是天鹅的天堂。"

围着敖包顺时针走几圈，再逆时针走几圈，都是有讲究的。转完了，将捡来的石头放到敖包上。大家一起跪在敖包前许愿。谁也不知谁许下的是什么，但每个人都虔诚恭敬。大家都站起来了，莫日根还跪在那里，闭着眼睛喃喃自语，额前的卷发在漠风中飘动着，生动、无依。

沙漠首富

在牧场，判断一家是否富有，不是看他家盖了多少房子，而是看有多少头牛、多少只羊。那是活的财富。据说宝音的大哥是这一片沙漠的首富。他们兄弟七个，平时很少往来。我预感到，他们似乎有什么不可说的恩怨在里面。

这天，当宝音说想去看望大哥时，六嫂略微犹豫了一下，但这个善良的女人还是答应了。简单收拾一下，穿上了平时很少穿的时髦裙子和半高跟皮鞋。

沙漠气候恶劣，植物生命周期短暂，很难活过九月，但小雨后的牧场空气清新，还挂着露珠的牧草，仿佛又染上了春天的翠绿。

到首富家的沙土路平坦，我很奇怪，因为沙漠里很少有这样好走的路。六嫂解释说，这是首富大哥出钱修的，他有的是钱，就是用百元大钞铺个百十里路，他也铺得起。

沙漠里的房居很少有院落和大门，但首富大哥家却有，这不由得让人浮想联翩，想象在那两扇绿铁皮大门里，是否有数不清的宝藏，只需喊几句"芝麻开门"，便能像阿里巴巴那样一夜间珠宝满库，腰缠万贯。

大门打开，一排双层玻璃的大瓦房窗明几净，檐下有粗粗的大理石柱子。那位大哥挺着气派的大肚子，像只大象那样稳稳地站在柱子下面。他叫拉阿木古，霸气外露，气场强大，穿着藏蓝色的蒙古袍子，松松的腰带揽着摇摇欲坠的肚子，使两条腿显得愈发粗短壮实。

房间内当然也十分豪华，各种现代化电器一应俱全，各种蒙古风的家具金碧辉煌，亮瞎人的眼睛。客厅宽敞得连人都觉得渺小了，手工编织的羊毛毯繁花似锦，正中挂着的成吉思汗画像也比谁家的都霸气。沙漠首富，家中的奢华及每一个细节都货真价实，名不虚传。

首富大人也不让别人，自己先落座，抱起小茶壶啜茶。他的眼袋很大，垂得像鸡冠子，仿佛往上翻一下眼皮是件多么沉重的事情。向他问好，他依依呀呀地答应着，却始终没抬眼皮瞅一下任何人，包括他这个常年漂泊在外、难得回来一趟的最小的弟弟。他不停地吆喝着老婆和儿媳们做这做那，像吆喝牛羊一样。人高马大的宝音见了他这个大哥，立马像是矮了半截，缩着脖子呐呐地不敢说一句话。

这兄弟俩一个最大，一个最小，年龄相差三十多岁，几乎是两代人了。

首富大嫂看着自己男人的脸色行事，自始至终，夫妇俩都没问过归乡的宝音一句话，连问一下他在哪里求生存都没有。只有奶酪点心不停地端上来，摆了满桌。满满一银碗的烈酒，每个人都必须一口喝下去，直喝得火头快从嘴里冒出来了。

这和在六哥家喝酒，不是一个味儿。

听说莫日根是个马头琴师，首富大人倒是来了兴致，命人拿来琴，和莫日根一起拉起来。他拉得十分有激情，头发一摆一摆，大肚子一甩一甩，很有股子豪横劲儿。大家也情不自禁地随着琴声唱和，连一直沉默的六嫂也再次哼起了《诺恩吉雅》。激情洋溢的民族，喜怒哀乐溢于言表，总能在那瞬间，流露出无遮无拦的豪情。

可惜，这和谐温馨的一幕并没有持续太久，就被六嫂的哭声打断了。我不知道七兄弟之间到底发生过什么恩怨，但六嫂压抑哭声中的委屈，傻子都能听得出来。看来她也忍了不是一天两天了，可怜的六嫂，她只能借着酒劲儿发泄出来。

首富大人满脸愠怒，他厌恶地瞪了一眼伤心欲绝的六嫂，警告似地拍了几下桌子，跺了几下脚，就"哼"了一声，挺着大肚子扬长而去。

大家见状，立马知趣地作鸟兽散。平时木讷的六哥急了，边吹胡子瞪眼地骂着六嫂，边拖着她往外走，鼻子不是鼻子脸不是脸的。我虽听不懂六哥那机关枪似的蒙古语，但它显然没有《诺恩吉雅》好听。

回家路上，六嫂伏在我的脊背上，仍然抽抽噎噎地哭个不停，把我的肩头都打湿了，谁也劝不住。就这么哭了一路，把一条本来很好的路哭得坎坎坷坷，肝肠寸断。

大漠的三个孤儿

这天，布和将我们八个人全塞到破吉普车上，又拉着摇摇晃晃地出发了。

八个人呐，严重超载，有拿命一赌的嫌疑，也只有在沙漠里才敢如此放肆。幸亏沙漠里没有交警，没有红绿灯。吉普车前面坐仨：布和、宝音和坐在他腿上的女友诺敏。后面是我们五个，前后错开，前面的坐在后面的腿上。真怕一颠，人就叽里咕噜滚下来。四嫂坐在四哥的腿上，他们的女儿坐在我的腿上，莫日根挤在中间，愁眉苦脸，差点被挤成了一根苦瓜。胖胖的四嫂一不小心压在了他身上，他没命似地叫着：骨头碎了，骨头碎了！笑得大家喘不上气来。

去牧民乌兰巴图家做客的消息，是六嫂宣布的。这群可爱的人，总是不上路不告诉你行程，天知道这是哪门子规矩。

沙漠没有成形的道路，从这户牧民家到那户牧民家，兜兜转转要几个小时。因为坐得实在难受，大家抱怨不断，叫苦连天，闹得布和的方向盘都握不稳了，只得停下让大家放放风，活动活动胳膊腿儿。

牧主乌兰巴图长得像周润发，皮肤被漠风吹得又黑又亮，一笑两只眼睛就弯成了月亮；他的妻子有张能说会道的小嘴巴，颧骨高高的，一对丰满的乳房在瘦削的胸脯上张扬着，毫不忌讳地露出乳沟，眼睛放肆地瞅瞅这个，瞅瞅那个，一看就是个豪放不羁又泼辣能干的女人。

乌兰巴图家的牧场有一簇簇紫色的草，说不出的璀璨妩媚，远远望去，如一朵朵硕大而孤独的花。可惜我问了几个人，都不知道它的名字，就像自家门上贴着的春联，日日看着，却不会有谁记得它写的是什么。看来越熟悉的事物，越容易被忽略。

莫日根让我给这草起个名字，我就给它取名"紫蓬草"。在老家的沙地里，长着一种类似的草，叶儿细得像松针，饱满多肉，没有"紫蓬草"漂亮，但是凉拌了吃很有味道，是又涩又硬的草的味道，牛羊应该也爱吃。

乌兰巴图家屋顶朝阳的一面，搭着一架梯子，可以用来观光。我爬上去，在梯子顶端悠荡着双腿，俯瞰着茫茫无际的牧场，也眺望着我来处的都市。莫日根看见这惊险的一幕，吓得一个劲地在下面喊：快下来，别闹了！摔着了客人，乌兰巴图家可担当不起。

莫日根那狼狈不堪的样子，逗得我哈哈大笑。我心里说：乌兰巴图家的事，关你啥事呢？这个呆子，真是多管闲事。

巴图的小舅子塔拉正在修理拖拉机，见状也远远地瞅着，嘿嘿地笑。他穿着油腻的工作服，头戴一顶西部牛仔帽，脸是古铜色的，很有雕塑感，笑起来有点傻——那种见到外来人时不知所措的傻，嘴里的一颗门牙还不知怎么掉了，显得更傻。他的身份，在这儿有些微妙的尴尬。这儿不是他的土地，他在这儿，不知算是打工还是帮忙，总之，他也不过是个比我们关系更近一点的过客而已。有姐姐姐夫出面招待我们，他这个外人无事可做，也只好腼腆地笑着，露出一口亮得耀眼的白牙，算是唯一的荣耀。

我曾经去过很多牧民的家，都非常洁净，不像来之前仓促收拾过，乌兰巴图家也是如此。尽管门外就是漫漫的黄沙，但室内却清爽明净，与门外仿佛两个世界。

有个问题一直令我疑惑：牧区人烟稀少，姑娘小伙是怎样找到意中人的？大家争相告诉我，牧区的活动多着哩：那达慕大会、马头琴大赛、歌咏比赛……那时，牧民们就会从四面八方赶来，骑马的、开车的、骑摩托车的，热闹得像赶集。一个人要在一群人中寻找自己的伴侣，其实一点儿也不难，双目交汇的那一刻，爱情就明确无误地到来了。

乌兰巴图那能干的老婆准备了很多精致的点心：奶酪、奶豆腐、油炸酥等，看得人眼花缭乱。像很多沙漠人家一样，这里没有蔬菜和水果，只有那种手指粗的沙漠萝卜，腌得像韩国泡菜的味道，很爽口，但我不好意思多吃，因为实在太稀缺了。想想在北京糟蹋的那些蔬菜水果，不由得暗暗在心里忏悔。

乌兰巴图家的气氛实在热烈，都是年轻人，无拘无束。莫日根这次没再推让，他接过我递上的马头琴，摇头晃脑如痴如醉地拉起来，宝音则默契地唱起了《父亲的草原母亲的河》，唱着唱着，他俩就抱头哭了，说：我们的父母都没了，我们都是孤儿了！

莫日根从宝音的肩膀上抬起泪眼，指着我说：我知道，你也是！

是的，我们是三个孤儿，大漠的三个孤儿！我们不知为何在这里相逢，也不知何时会在哪里分离，从此成为陌路。

与恩格尔湖的初遇

在乌兰巴图家吃饱喝足，草绿色老吉普又摇摇晃晃地出发了，这次车里的负担减轻了些，因为巴图家的吉普车分担了几个乘客，看来他要和我们一起共赴下一个目的地。

像往常一样，出发之前，后面的目的地还是一个谜。

路上，我仍然不停地在哭，把眼睛都哭肿了，我也不知道为什么这么伤心。就因为那句"我们都是孤儿"的话吗？但既然另外两个孤儿都不哭了，我又是何必？我不知道，我不想让人再目睹我的狼狈，但又止不住。

宝音一言不发，莫日根也只好不停地拍打着我说：哎呀，你别这样了嘛，别这样了嘛，求求你了！

两辆车分别由两个喝得醉醺醺的人开着，像一场随心所欲的赌博，这情形已经司空见惯，我也难得地跟着这么放肆一回。没有交警，没有交通法，牧民们就像撒欢的兔子一样自由。颠簸中，我的眼泪慢慢地也干了。

沿途，陆续又有吉普车和越野车不断加入，浩浩荡荡地汇成一支车队，也不知道是约好的，还是巧合。反正，我已习惯了他们的率性而为，随心所欲。

沿途水草丰美，牛羊成群。这，大概就是沙漠绿洲吧！行至一个蔚蓝的湖边，车队停下了。遍地金黄淡蓝的璀璨小花，鸟儿们时起时落。莫日根采来一束黄色的野花扔给我，让我抱着照相，说有鲜花来做人的陪衬，人就会变得更美几分。

我把黄花挡在眼睛上，我知道最难看的就是这双哭肿的眼睛了。

这湖不知是不是我在敖包前看到的那个，远看不大，像只静谧的眼睛，但近前波光粼粼，一望无际，有海洋的辽阔与气势。水是生命之源，这湖在这儿意义非凡。一件事物的价值，有时候取决于环境。对沙漠来说，一滴水，甚至比一滴血还弥足珍贵。

莫日根说，它叫恩格尔湖，你要记住，这辈子别忘了，回到北京也别忘了！

恩格尔湖。我今生遇见的第一个沙漠之湖。但愿在它的碧水下面，有活泼的鱼儿在游动，一如天空下有鸟儿在飞翔。

风吹得惬意，湖水蓝得跟天都连在一起了，云彩在水中飘着，恍惚间让人傻傻分不清界限。岸边停泊着游船，有威尼斯的浪漫气息。大家都跑到船上来，煞有介事地假扮游客。

这群纯正的蒙古人都穿着便装，只有我这个冒牌的却郑重其事地穿着六嫂的蒙古袍子——天蓝色镶金边的蒙古袍子。乌兰巴图说要跟远道而来的客人照张相，我说好啊，以后我也可以跟人说，我跟周润发合影了！他乐得眼睛都找不到了。

宝音提议我们仨合照一张，快门落下时，三个人不约而同地伸出胳膊将彼此拥在一起。我在心里说，我们是三个孤儿，沙漠里的三个孤儿。

告别恩格尔湖时，像告别自己的灵魂。不知今生今世，是否还有缘与它重逢？像眼睛一样蔚蓝的湖，我相信即使我活到一百岁时，它也将在我心里新鲜如初。

沙漠饭店与月下歌厅

一座圆圆的蒙古包出现在前面，原来是个沙漠饭店，四周种满了五颜六色的花朵，别有一番风味。

此时，应该是下午两三点钟吧，一群人怀揣着还未消化的酒食浩浩荡荡开进了蒙古包，大捆的扎啤、大盘的肉又上来了，把我差点吓晕过去。天啦，肚子还有缝隙吗？沙漠里这害死人的热情啊！

六嫂伏在我耳边悄悄地说：没事，接着再吃吧，是有位牧民非得要请客！

只见一个小个子牧民端着银碗站起来，结结巴巴地说：尽管我知、知道你们刚、刚在乌兰巴图家吃、吃完，但如果今天我不、不请，恐怕就没、没机会了。这位北京来、来的女士，听说你明、明天就要离开，请赏个脸，成、成全我的好意！

我看着他银碗里满溢的酒，接也不是，不接也不是。宝音见状直挠头，莫日根则用他那双静谧的大眼睛忧心忡忡地看看我，又看看银碗。

既然别无选择，我也只好拼了。我接过银碗，先学着他们的样子用手指蘸着酒敬天敬地敬乾坤，顺势泼泼洒洒一番，接着把心一横，将剩下的咕咚咕咚全干了，坐下时立足不稳，差点倒在六嫂身上，心里悲壮地想：看来在沙漠中做客，会没命的。在这里没有饿死的，只有撑死的、醉死的、被热情的火焰烧死的。

当一行人捧着肚子步履蹒跚地走出蒙古包时，软绵绵的双腿全都扭着秧歌，吃错了药的样子，幸亏司机没完全糊涂，还能凑合着将车往前开。开开停停，停停开开，也不知下一个目的地在哪儿。

赶到另一片牧场时，夕阳落得几乎贴着草梢了。一所红砖砌的房子，孤零零地立在稀疏的牧草中，显得十分突兀。四周再无任何建筑，有种机器人一样的怪异感。这情景令我想到美国的西部片。

目光向西，通往夕阳的小路上，有一棵枝繁叶茂的大树，在晚风中展动着絮絮叨叨的叶子。我相信这条小路能一直通向天涯，通向月亮。跳下车，目睹夕阳瞬间落下去，四周顿时变得荒凉。草原的天气就这样，热得快，冷得也快。风吹起蒙古袍的边角，令人平添几分惆怅。

宝音告诉我这是歌厅，是同行的一位牧民家开的，是牧民们自娱自乐的场所，不对外经营。我赌气地说，还不如站在牧草上随意吼一嗓子痛快呢，那种感觉肯定就比歌厅好，也符合你们蒙古人自由奔放的个性，蹲在一所红砖房里开唱，一旦拘谨了还是你们吗？

宝音奇怪地看了我一眼，闷闷地走开了。我不知道我是不是在对牛弹琴。莫日根或许能听懂，但他习惯沉浸在自己的世界中，对别人的话充耳不闻。

歌厅果真跟内地那些娱乐场所不同。里面大而空旷，乐器毫无章法地堆在四周，中间摆着长长的桌子，过道通着厨房，使菜可以源源不断送过来。又是啤酒、烧烤、炖肉，这次更彻底，除了肉还是肉，连菜毛都没了，在这里能吃上青枝绿叶的青菜，实在太奢侈。

肚子还圆着，英雄好汉们却又扛着烤羊腿啃了起来。他们好像有着无穷无尽的精力，他们的胃也好像是盛不满的仓库，那遍地的牛羊，生来就是让他们消化的。

六嫂落落大方地唱起了《诺恩吉雅》，歌声有种母性的慈悲，哪个歌星也没她唱得动人。大家又开始跳舞，各种舞都跳得收放自如，倒是我这个来自都市的人是个舞盲，又怕被人看出来取笑，只好胡乱抡着胳膊腿儿应付着，自觉笨拙得像只熊。

有个高个子牧民格外活跃，舞也跳得张牙舞爪，他邀请的女士没一个能陪他跳完，因为他像只袋鼠一样毫无章法地转来转去，不一会儿就把人转晕了。一个胖得像只大肉虫子的女人在被他抡了几圈后，也忙跟跟跄跄逃走了。

高个子再无敌手，只好独自在人群中间蹦来蹦去。

趁人不备，我独自走出门来，一出门便被一阵冷风吹得一个趔趄。初秋的风在沙漠中，凛冽如刀。牧草的沙沙声中似乎潜藏着千万甲兵，抬头，一轮边关冷月。这陌生的月下草场，竟是如此熟悉，仿佛前世的一个场景，唤起无法追根溯源的乡愁。我与它对望着，孤独像风一样，直往骨头里渗。我想告别远处的沧桑老树，跟着通往天边的小路，一直走一直走，去到月亮的背面，找我故去的父母和亲人。

如果不是莫日根出来唤我，我可能会这样一直和月亮对望下去，将瞬间凝固成永恒。也许，莫日根已经站在后面很久了，忍不住了才喊的。我回头时，见他站在枯黄的牧草中，像只瘦巴巴的大虾，一阵风就能吹走。他的眼睛在月光下清澈忧郁又深邃，仿佛藏着前生来世的秘密。

莫日根不说话，拽着我就往回走。也许他知道，如果没有人来喊我，我就会在月光下站成一尊石像，直到那颗孤儿的心被荒凉的漠风灌满。

宝音也出来了，站在歌厅门口远远望着，不声不响。

是的，我们是大漠里的三个孤儿，心有灵犀，同病相怜。

莫日根和宝音联合捉回了逃兵，逃兵被起哄的牧人们惩罚，罚唱一首歌。于是我便唱起了《在那遥远的地方》，王洛宾唱给他的卓玛，我唱给我的远方——永不能抵达的远方。牧人们虽听不懂我的忧伤，却依旧热烈地喊着："北京来的朋友，我们爱听你的歌，你比宝音和莫日根唱得好。比其玛德海日泰（我爱你）！"

喝得再也喝不下了，唱得再也唱不出了，大家这才各自坐上车，月光下瞬间散得无影无踪，果真是天下没有不散的宴席。远道而来的我更注定是个过客，即使同喜同悲，也终要散去。

沙漠一到夜里就冷得要命。八个人重又挤到了一辆车上，相依相靠温暖着彼此。布和将车跌跌撞撞往前开。六嫂喝多了，又开始抽泣。安慰显得多余，一车人闷声不语。靠着被漠风吹得沙沙作响的车窗，我不由又想起那个问题：当农耕文化遇到游牧文化……

夜雨中的绿眼睛

霏霏细雨又下起来了。车上，即使八个人挤到一起，也还是冷得无法忍受。老吉普车似乎也不堪重负，如一块碎裂的门板，吱吱作响。六哥说那是累得，六嫂拧了一把鼻涕说：才不是呢，是冻得！

冻得，亏六嫂想得出来，一车人边打着寒战边笑。

吉普车左跳右跳就迷了路。沙漠本来就没有路标，白天全靠太阳辨别方向，有雨的晚上就一片混沌了。大家七嘴八舌，都说这条路线不对，连路边的植物都不一样，布和被聒噪得六神无主了。

突然一个急刹车！待看清眼前的一幕，都吓呆了：雨中，有个毛茸茸的家伙蹲在吉普车前，它的眼睛是绿色的，闪着寒光，令人不寒而栗。这是哪路神仙？它是和我们一样在沙漠里迷了路，还是故意武装挑衅？

布和见多识广，竟也没有招儿了，只好不停地按喇叭，那拦路的好汉无动于衷，大有"此山是我开，此树是我栽，要想从此过，留下买路钱"的蛮横劲儿！六嫂说这是狼，六哥反驳说草原狼早被杀光了，剩下的也逃到外蒙去了，狼现在是保护动物，稀罕着呢，那是只牧羊犬！

莫日根一了百了地说，即使被狼吃了，也是人幸运，十四亿人口，能有幸被狼吃掉的有几个？闻听这句话，我和四嫂恨不得用指甲将他的肉掐下来喂狼。

破吉普车内成了阵地，深不可测的夜幕成了战场，等待着一场厮杀。布和也只好豁出去了，手里攥着大把钳子，准备下去跟那位拦路的好汉谈判，众人极力反对他冒险，说你要是牺牲了，我们可咋找到那个还有十来瓶草原白、半捆啤酒半只羊的家？

正争执不下，却见那位好汉自己站起来摇着尾巴走开了，连头都懒得回一下。大家面面相觑，不知它为何对我们如此藐视。布和边擦汗边发动车，怀着被一头无名小兽斗败的沮丧，战战兢兢地重新出发。

好容易摸到家门，找到那间在月光下又矮又矬不成体统的土房子，一跳下车却被凉风灌了一个趔趄！哆哆嗦嗦地推开木门，一股热流扑面而来，大家又困又饿，恨不得立马倒下睡去。可是贤惠的六嫂还是给大家温了土豆和羊肉，热气腾腾地端上来，大家立马又精神了，如上了发条的机器人。

明天，就要告别这片牧场了，来的时候兴高采烈，没想到如此仓促地结束。人只有告别时，才会真正懂得伤悲。

芨芨草中的告别

晨曦微露，我就悄悄走出土屋，去与那些熟悉的牛羊告别。也许，我一生只有这一次缘分与它们亲近。我能带走它们的影像，却带不走整个环境。也许在此待一生，也还是不舍。

在羊圈前，我恍惚看见被我们吃掉的那只羊，正可怜巴巴地望着我，乞求我将它带走。我揉揉眼睛，又去看了那几头牛，它们依旧如初见时跪在地上，闷声不响。旁边，是那口幽凉的水井。牛羊不明白什么是到来，什么是告别，也从未走出过这片沙漠；它们不知道在沙漠之外还有草原，在草原之外还有陆地、高山和日夜不息的江河。

六嫂煮了新鲜的奶茶，又香又浓。这时我才发现她们的小厨房已经残破不堪，禁不起风雨了。近乎原始的自然环境，无污染无噪音，但同时也承受着环境的恶劣，甚至天灾人祸。

我向南遥望着山坡上的敖包，默默祈愿：愿灾难永不降临，吉祥的阳光永远普照这片沙漠中的牧场。

有几只鸟儿在芨芨草上起起落落，它们是来道别的吧？它们有飞翔的翅膀，也比地上的牛羊见多识广。

与六哥六嫂在芨芨草中道别，一再地拥抱、拍打，却不让噙着的泪滚落下来。六嫂可怜巴巴地叮嘱明我年再来，诚恳得近乎乞求。我将包里的口红、丝巾、香水和绿药膏全都掏出来，放进六嫂的口袋。跳上车跑了好远，还看见他们在芨芨草尖上的身影，渺小得像找不到家的鸟儿。

我的泪珠洒落，化为了狼针草上滚动的露珠。

马群与破庙

大朵大朵云彩在吉普车顶飘着，不紧不慢，不温不火。

本以为就要出沙漠了，布和却说："不急，还没去我家做客呢！"我几乎失声地说：太好了，我还没爱够沙漠呢！

莫日根不满地瞥着我：你这家伙，不是最爱草原吗？

我响亮地回答：爱草原更爱沙漠！

是的！在这儿多呆一天，记忆中的疆域就扩大一片。我爱草原繁花似锦的美丽，更爱沙漠的荒凉和一无所有。因为那一无所有之中，蕴藏着所有和无限。

车轮下的沙子细软如面，与我北方老家的土质很像。记得老家河边有一片三角地带，被称为小沙漠，那是因为树林被砍伐，河水断流，风沙堆积而成。环境的恶化使黄沙覆盖了良田，只有种植的花生郁郁葱葱。所以，我们从小是吃着花生长大的。我突发奇想，问布和沙漠里是否可以种些耐旱的农作物，他们都奇怪地看着我。

莫日根睡眼朦胧地说：能种的话先人们早就种了嘛。

我反驳说：那是因为他们从来没想过要尝试！

在茫茫沙海中，车如一只甲壳虫突突前进，一路上没遇到过一户人家。要是一个人这样行走，一定会孤独到疯狂。莫日根又开始沉睡，他像个先天不足的孩子，一上路就睡。琴抱在怀中，如抱着自己的命。

终于拐上了一条沙化公路，沿途都是乌兰巴图家门前的那种紫蓬草，一簇簇绚烂如花，要不是扎手，我真想采一把带回去。

远远看见一座破庙，布和说它可是有些年头了，从他爷爷的爷爷那时就有，但具体建于哪朝哪代却谁也说不清楚。这是我第一次遇见蒙族庙宇，很想看看与汉族寺庙有何不同，见他们都没有兴趣，只好下了车独自小跑着前往。可恨的是，醒来的莫日根还在后面喊着：快点哈，我们还要赶路，要在日落前赶到布和家呢！

破庙已经被砸得七零八落，所有窗户都荡然无存，如一只只没有睫毛的眼眶。墙上，是一幅奇怪的壁画，尽管墙皮剥落，仍能看出当初的艳丽与恢弘，可惜它没有被悠长的岁月剥蚀，却被人为破坏了，上面看得出刀砍斧劈的痕迹。

这时，一群马突然从河边冲过来，显得愤怒而昂扬，有一匹枣红色的马直冲着我撞来，好像前世跟我有仇似的。这是怎么回事？我手足无措，竟忘记了躲闪，马鬃都快甩到我脸上了。这时，远处突然响起一声唿哨，马群闻声，便迅速拐弯远去了。

这瞬息万变的情况令我目瞪口呆，这才发现是莫日根救了我一命，这蔫蔫的家伙正站在车旁若无其事地吹着口哨呢，估计是把他小时候在牧场学的那套把戏又用上了。

我望着远处，那些呼啸而来又呼啸而去的马儿们静了下来，它们站在河流边，若无其事地甩着蹄子，吃着草，那鬃毛飘飘的样子帅极了，那么风姿俊逸却又那么超然物外。

不懂民俗的后果

在夕阳落下最后一缕金丝前，终于抵达了布和家的牧场。

这里沙化得实在厉害，牧草寥寥可数。原来，布和并非真正的草原孩子，他只有一半蒙族血统。他生在东北，父母都是林场工人，或许是骨子里那一半游牧民族的基因作怪，十六岁时，他跟着前去探亲的六哥回到了这里。这里是他母亲的故乡。他家与六哥家是远房亲戚。半蒙半汉的他，只分得了半沙半草的这一片牧场。好像生来注定，他就是这种一半一半的命，无论好坏都无法拥有全部。

布和家的羊圈很大，但牛羊不多，显得空空荡荡。四周是矮矮的篱笆，头顶没有一点遮挡，不知雨雪来临时，牛羊们如何忍受？也许，它们就是为恶劣环境而生的吧。就像布和家孤零零坐落在这片没有边际的沙漠，你无法想象他们该如何活下去，可是他们活下来了，并且活得很好，活得有声有色。

房后，遍地是红枝红叶的植物，不知是不是红柳？还有些未曾见过的花，枯萎后愈发美得轻盈。采一把回来，惹得宝音和莫日根直挠头：这玩意儿羊都不吃，采了做啥嘛？

布和还不到五十岁，却已经当公公了，他给我们放儿子结婚的录像，场面隆重得超出汉族人的想象，还有很多令人咂舌的民俗礼节，像一场民族文化的展示。布和的老婆是个憨厚勤劳的女人脸上皱纹纵横，差点被我误认作布和的妈妈。她少言寡语，沙漠里的女人已经习惯了像黄沙那样沉默。

太阳还高悬在沙丘上，晚宴就开始了。

布和那刚过门的儿媳妇不停地劝酒，自己也喝得粉面桃腮，她的酒量真是大得吓人。她健康丰满，胖胖的双手满是豆窝，上挑的眼梢瞟着客人，劝酒时盯着对方的嘴巴，不把酒灌下去不眨眼。我要是男人，大概也受不了那双热辣辣眼睛的撩拨。

莫日根一喝酒就像个老头似的昏昏欲睡。琴抱在怀里，就是不肯拉。布和敬他酒，他故伎重演，千般推让，比我这个小女子还磨叽。为了给他示范一下啥叫豪爽，我先干为敬，然后将杯子倒扣过来，表示自己已经喝得一滴不剩，当然也有示威之意：别磨蹭，你再不喝，我们也不喝了！

万万没想到，扣杯此举却惹得布和勃然大怒。他一把抓起锋利的剔骨刀，满脸受辱的表情，脸红脖子粗地冲我吼着：你瞧不起谁嘛？你这个汉族人瞧不起谁嘛？

我莫名其妙，不知究竟做错了什么，让他将问题提升到民族矛盾的高度。这个胡子拉碴的壮汉，简直是六月天孩儿脸，说变就变。看他怒气冲天的样子，莫日根赶紧磕磕绊绊地解释，说汉族人不懂这些规矩，怪咱没提前给人家说清楚，不知者不为怪嘛……他那点头哈腰赔不是的小样儿使我恍然大悟：在蒙古人看来，客人扣杯，是对主人的大不敬。我闯了祸，犯了大忌了！

我暗暗自责，后悔事先没了解这里的风俗礼仪，也有些怨恨宝音和莫日根没有提醒。愤怒的人最可怕。看布和那双几乎要被酒精烧出火来的眼睛，我下意识地瞅了一眼他手中的刀子，不知道他在冲动之下能做出什么来。如果布和真将刀子捅过来，在这人生地不熟的沙漠里，谁肯为我挡那一刀呢？

我向布和道了歉，心里却觉得压抑和委屈。布和的火气熄灭了，但看上去也委委屈屈的。他是那种受了气却找不到宣泄口的人，今晚的怒发冲冠，估计也是酒壮了英雄胆。

两人各退一步，又都变得彬彬有礼起来，但缝隙出现了，每个人的表情都变得不自然，干脆都找个理由撤退。看到因为我的无知让这最后的晚宴不欢而散，我十分沮丧。

惊心动魄的旅程

晨曦未露，我就起来找水洗脸，马上要离开沙漠了，不管环境多糟糕，也要保持一张干净漂亮的面孔，像来时一样，有尊严地行走在风沙中。

遗憾没有多余的水，连喝的水也有限，这儿没有水源，水贵如血。从咕噜噜煮着的锅里舀了碗奶茶，好咸，越喝越渴；去羊圈那里溜达一圈，也没发现给羊喝水的器具，很奇怪他们用的水从何处来，竟到一滴都找不到的地步。

布和一家好像没有让客人洗脸的准备，我也不好意思再问，从包里找出一包湿纸巾，分给同样出来找水的莫日根。

我不禁扪心自问：假如让我长期生活在沙漠中，我能像牧民们那样从容不迫，甚至依旧生机盎然吗？能忍受几天不洗脸、不洗澡吗？能忍受没有洗手间，在天地间随意一蹲就方便吗？能忍受被紫外线晒成"黑人"吗？能保证不变成蓬头垢面的野妇吗？

我不知道。也许，有些爱只是叶公好龙，经不起实践。

离开布和家重新上路时，他又变得客气起来，我理解他内心隐秘的苦衷：毕竟他只有一半蒙族血统，也并非当地土著，难以被当地人完全认同。就喝酒扣杯这件事，他本可以不必那么大动干戈，但那样的话，在别人面前就显示不出他作为蒙族人的尊严来。

反应过激的人，内心恰恰是脆弱的。我惭愧于因为无知冒犯了他的尊严，使美妙的旅程迸出了不和谐的音符。

问宝音这就要回去了吗？他边往后备箱装行李，边说：是的啊，不过途径一位朋友家时，还要去做客的嘛！

这是一段惊心动魄的沙漠之路。连绵起伏的沙丘间，吉普车吭哧吭哧地爬上爬下，像个耄耋老人，疲惫不堪。爬上一个沙丘往下一看，心差点蹦出喉咙：路几乎上下垂直，估计车屁股已经朝了天！布和大喊着让人抱住前面车座，自己将头抵在车玻璃上，拼力控制着方向盘，一时间尘土飞扬，天地玄黄，布和那胡子拉碴的脸都憋红了！

车终于安全着陆，狂跳的心还没放回肚子里呢，又一个大沙丘横亘面前，诺敏吓得和宝音抱成一团，连萎靡不振的莫日根也被吓醒了。

恩和的幸福

几经艰险，车终于在几间低矮的土屋前停下了，这是我在沙漠里见过的最破旧的房子，像大海中搁浅的孤舟，让人体会到什么叫绝世孤独。六嫂家尚有相对丰茂的草场，布和家的瓦房也算排场，可是这儿却除了沙子还是沙子。在这浩瀚沙海里，偶尔经过的人，如彗星撞地球。如果这里只有一个人，那寂寞便是他唯一的伴侣，他只能跟自己的牛羊说话，跟飞过的鸟儿说话，甚至跟沙子说话，要不，他就只能做个哑巴。

一个红脸膛的汉子跑出来迎接，他长得圆圆的，笑起来脸也是圆圆的，脸上有两个酒窝儿。布和介绍说，他叫恩和，是布和的朋友。这个淳朴的汉子搓着大手，说他天天盼着来客人，可是客人真来了，他就不知咋好啦！

恩和家的窗户很小，房间内有些黑。最明亮的部分，就是那幅成吉思汗的挂毯，它占据了狭小空间中最显眼的部分。北边靠墙的床上，坐着一位老奶奶，她豁着掉光了牙齿的嘴，慈眉善目地微笑着，如一幅陈年的油画。恩和说这是他额吉（阿妈），八十六岁了。

赶紧上前请安，老人家虽然牙齿不好，身体却比胡杨树还强壮，说话声音宏亮，底气十足。家里有这么个老人，这个家便显得温暖而有历史。恩和说他女儿正在苏牧上中学，老婆看女儿去了。他亲自做了荞麦饼泡在羊汤里招待我们，我边夸味道鲜美边主动盛了半碗，恩和的脸笑得更圆了。

这沙漠中小小的土屋里，住着一家三代，人间的天伦之乐应有尽有，再恶劣的环境又如何？贫穷的恩和是幸福的。他有很多亲人，不用和沙子说话。

站在沙丘上

恩和家的牧场连布和家的也不如，几乎全是光秃秃的沙丘，不知他家的牛羊吃什么？空旷的羊圈里，羊儿们散落地趴着，静静地望着来客，神态安详，一声也不叫，一副与世无争的模样。

趁他们歇息，我独自登上了光滑如蛋的沙丘，寻找仅属于我一人的沙漠——这才是真正的沙漠，寸草不生。想起在撒哈拉沙漠中光芒万丈的三毛，她如花盛开的倩影仿佛近在眼前，却又是如此不可复制。我们只是沙漠的暂短过客，她却是沙漠的永恒情人。不是每个人都能像三毛那样，在极致中活得如此精彩。虽然我相信，那份精彩背后，也是漫长的寂寞和等待。

我对沙漠的爱，也许仅限于皮毛。如果让我身体力行地生活在这里，就必须有期限，不能遥遥无期，否则光是变幻莫测的天气和如影随形的孤独，就足以让人崩溃。

看来，这世上的爱，多是叶公好龙，经不起现实的轻轻一击。告别之际，我终于看透了自己。

行走在沙漠深处，我突然有一种宿命感。一切都是不确定的，连命运在此，都不是一个确切的概念。人何其渺小卑微，和一粒哭不出泪水的沙粒毫无区别。

眼前，除了沙丘还是沙丘，除了苍茫还是苍茫。

那些沙丘，远看矮而平和，近前却高而陡峭，弧线优美轻盈得似乎随风就能飘起来。风，最无情的过客，最高明的雕刻师，无踪无形，却处处留下了足迹。没有谁见过风的模样，但它无处不在。

我想沙漠中的每一粒沙都曾盼望过风来，只因风来时，它们才有机会飞起，跟着风去旅行。风，是很多事物的腿，如果风不刮，沙粒们或许生生世世无缘走出沙漠去。

我独自爬上一个大沙丘，无孔不入的沙子将旅游鞋灌满了，只得脱了拎在手中。沙子细腻滚烫，如果双脚不挪动，估计会变成烤猪蹄。人行走在沙漠里，如同瓢虫浮游在大海里。我从没有像现在这样，感受到作为人类的渺小无助。

沙漠看似是女性的、妩媚的，而它的脾气，却是男性的暴烈。它亘古不变，却又瞬息万变。你可以拥抱它的每一粒沙，甚至变成沙尘与它融为一体，与它一起迎送日出日落，但你无法与它一起呼风唤雨。它用广博的胸怀包容你，却遵循着自己的独有规则，既不同于陆地，更不同于海洋，它和日月星辰呼应，呈现出无与伦比的变幻形式，你面对着它，却永不能完全了解它……

行走在万丈黄沙中，也有小小的惊喜：一只小小的蜥蜴，在溜溜地行走，这儿停停，那儿停停，来到我的脚下，招呼也不打，又溜到别处去了。不知它的小肚皮如何受得了黄沙的炙烤。

沙漠中，一定还有更多坚韧顽强的生命存在，只不过我们看不到。

一株多肉植物突然出现在面前！半绿半紫，叶子组成一朵花的样子。叶片敦厚，仿佛吮尽了方圆百里的水分。前不着村后不着店，冷不丁地冒出这么一朵，我震惊得无以复加。只见叶片瞬间变成大红，叶即是花，花即是叶，独立不倚，惊艳天地！

难道，这就是传说中梦寐以求的沙漠之花？它的突兀出现，是寓言还是神话？它义无反顾的盛放，承载了谁孤独而叛逆的灵魂？

我在花朵旁躺下来，让它的烈焰炙烤我的每一寸肌肤。感受着花朵的呼吸，我感觉所有的悲欢都不值一提，只有生命是永恒的。这凝聚着天地灵性的花朵，如火种般瞬间点燃了我内心沉睡的火山！

我不知这是梦还是真，但无疑这将是我跟浑善达克沙漠最后的亲近。如果此刻有风沙袭来，我不介意就此被它埋葬。我深信，在我沉睡的地方，也将会开出一朵沙漠之花，它辉映着嫣红的落日，向着时光永恒地微笑……

一天后，我们走出沙漠进入了草原。

两天后，我们走出草原来到了城市。

三天后，我告别莫日根和宝音，回到了北京。

我穿越了高楼大厦的丛林，终于回到了家。在家门口，我脱下鞋子，眼看着沙子瞬间流淌出一片无边无际的沙漠……